山海之城

黃獎 著

推薦序

近年來，隨着我家小孩年紀的增長，作為家長的我也隨着他們的成長步伐踏入了全新的閱讀領域。當小孩開始升上小學後，他跟同齡的好友，都開始對冒險和探秘主題的小說作品表現出濃厚的興趣。於是，我開始為小孩四出發掘更多的作品，以滿足他們的好奇心。而我作為家長，當然是希望貪心一點，可以讓小孩閱讀一些既有趣，又有意義的故事。

與此同時，我作為中學老師，深知不少學生一聽到要閱讀的是文言文，就已先舉手投降。回想自己讀書時，也非一開始就很會讀文言文，而是大量閱讀中國傳統經典的改編故事、以白話文寫成的小說，才慢慢培養出對中國經典作品的興趣，也在不知不覺間，提升了自己的中文水平。

不少人初接觸中國古代神話，大概也會聽說過《山海經》這部作品。然而，若要你一開始便細讀這部充滿奇幻和神秘感的作品，你可能會感到有點吃力。這次黃獎的新作就以輕鬆的筆調，不僅向我們呈現了《山海經》中充滿神奇生物的世界，還讓讀者與主人公一同在我們熟悉的城市中展開冒險，令讀者更能有親歷其境之感。

黃獎一如以往，以輕鬆的筆觸和相對淺白的用詞，巧妙地將中國古代的神話跟現代冒險故事結合在一起。通過他筆下精彩的情節鋪排和豐富的想像力，他創造了一個令讀者着迷的世界。在故事中，讀者緊隨主人公的步伐前行，並在不知不覺中

對中國古代文化和傳統有更深入的了解。《山海經》中的神秘生物逐一登場，並融入故事情節之中，讓讀者不僅能感受到中國古代神話的魅力和精彩，還能體驗在現代冒險的刺激和樂趣。

細讀這部作品，我認為這不僅是一個冒險故事，更是一道橋樑，將讀者引領進入古代中國神話的豐富世界。通過這部作品，我相信讀者能夠在享受冒險和刺激的同時，能了解中國古代文化的精髓。遨遊於以《山海經》為背景的神秘世界，與不同的神奇生物相遇，能豐富讀者的想像力，啟發對中國傳統文化的興趣，也培養對歷史故事的熱愛，並拓闊知識和視野。

總括而言，黃獎以他獨到的創意，將中國古代神話和現代冒險故事巧妙結合，以輕鬆的筆觸和豐富的想像力，營造出一個引人入勝的故事世界。我相信各位小讀者、大讀者都能從故事中獲益不少！

香港作家、中學教師兼兩孩之母

周子嘉

角色介紹

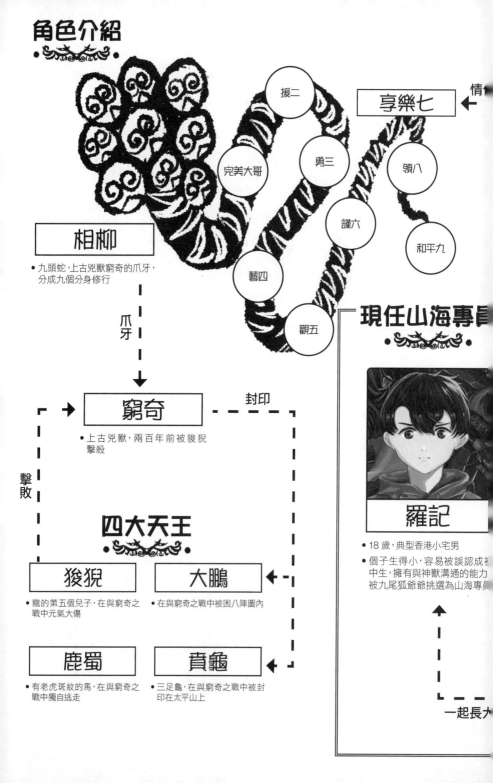

情

享樂七

援二

完美大哥

勇三

領八

謹六

和平九

相柳
- 九頭蛇，上古兇獸窮奇的爪牙，分成九個分身修行

藝四

觀五

爪牙

封印

窮奇
- 上古兇獸，兩百年前被狻猊擊殺

現任山海專員

擊敗

羅記
- 18 歲，典型香港小宅男
- 個子生得小，容易被誤認成衫中生，擁有與神獸溝通的能力被九尾狐爺爺挑選為山海專員

四大天王

狻猊
- 龍的第五個兒子，在與窮奇之戰中元氣大傷

大鵬
- 在與窮奇之戰中被困八陣圖內

鹿蜀
- 有老虎斑紋的馬，在與窮奇之戰中獨自逃走

贔屭
- 三足龜，在與窮奇之戰中被封印在太平山上

一起長大

山海集團

小滿
微胖的少年男生，合窺子系中唯一修成人形的豬

師徒 →

畢方
• 單足鶴，火系神獸；現職廚師

祖孫 →

合窺
• 人面豬；曾在龍門酒樓一帶活動的「黃婆婆」

朱厭
• 白頭紅腳的怪猴；現職麥難民

九尾爺爺
• 山海集團主席，有十三條尾巴的九尾狐

修蛇
• 收敛了兇性的上古吃人兇獸

玃如
• 四角鹿；現職英國唐人街的中國工藝品工匠

鸓
• 雙頭四足的鳥，常駐在巴黎建築的天台上

— 朋友 → ←

JOE
• 鑿齒的兒子；香港大學博士生
• 高大英俊，下顎和身上分別會長出獠牙和長毛

祖先是世仇

貓豬馬三俠

白澤
• 神獸顧問；現職兒童繪本作家

樊教授
• 朏朏，山貓模樣的神獸；現職心理醫生

狸力
• 野豬模樣的神獸；現職玉器商人，隱形富豪

小俞
• 猰貐的後代，通常是小狗形態
• 可以隨意改變外型，曾變成貂鼠、刺蝟、黑豹等

目錄

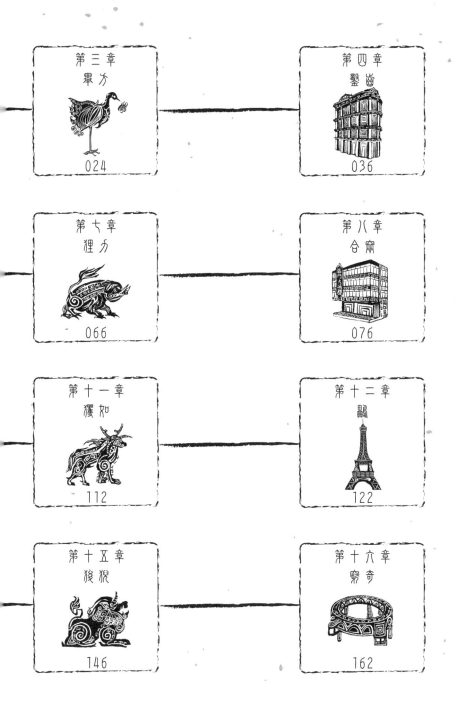

《山海經》記載的各種神獸，存活千年，

曾在古代天下無敵的異能，

到了現代，還有用武之地嗎？

很多神獸選擇了融入人間，

換一套遊戲規則，還是活得好好的。

適應不來的一群，被視為異類，

產生不同程度的矛盾和衝突。

山海專員要確保人與獸之間的和平，

那是動輒影響世界安危的職務。

忽然之間，要面對這個重大責任，

被選中的他說：

「我願意承擔，

但先要考 DSE，

可以等我放暑假再來嗎？」

第一章 九尾狐

銅鑼灣・怡和街天橋・10夕萬聖節翌日

●～●

我叫羅記，十八歲，典型香港小宅男，衣食無憂，本應無憂無慮。不過，我的人生有兩個遺憾，經常被人誤解。首先，因為生得個子小，大家總會以為我是個初中生，不過，這只是小事，我也沒太介懷……因為，我的另一個遺憾嚴重得多。

我喜歡自言自語，所以大家懷疑我有神經病。更嚴重的是，我養的狗會說話！嚴格來說，是我聽得懂我的狗說話，而他也明白我說的東西，換句話說，我們可以交談。當我們談得忘形的時候，旁人就會覺得我出了毛病。

幸好我長得像小孩子，人家看見我和狗傾偈，也許會覺得滿可愛的，有時也可以蒙混過去。問題是，我現在連眼前這個小紙人的說話，也聽得到，連我自己都覺得這是傳說中的「幻聽」！

事情是這樣的，幾個星期之前，大家依照傳統，喜歡在街上燒衣紙。不知怎的，這個小紙人沒有給燒着，卻貼在我的身上，甩不掉。我那時在想，可能是靜電的影響吧，沒有放在心上。一陣風吹過來，吹得小紙人瑟瑟發抖，怪可憐的，我便把它帶了回家。

哪知道，小紙人會說話，而且非常風趣幽默，經常逗得

我和我的狗小俞哈哈大笑，就像在家裏養了一個黃子華似的。說起黃子華，小紙人明明足不出戶，竟然可以預先劇透《飯氣攻心》的對白，那時我終於證明了小紙人神通廣大，不是我的幻覺，也令我放心許多。

●⸙⸙⸙●

幾天前，小紙人就嚷着要帶我去見一個人，我覺得它很有誠意，趁今天下午空閒，就跟隨小紙人去銅鑼灣。小紙人說要去皇冠旁邊的大廈，走到糖街那座圓形天橋。「這是皇冠？那麼皇帝的頭豈非很巨型？」我問。

小紙人只是笑，然後帶着我，來到銅鑼灣皇室堡附近的一幢商業大廈，進入商場的電梯大堂，它說：「主席在十三樓等你。」

我正想伸手去按電梯的按鈕，卻發現按鍵上沒有十三樓，小紙人笑着說：「傻子，按十四樓吧！」

我照做了。當電梯上到十二樓時，小紙人拉了我一下，說：「跟我來！」

在電梯的顯示燈離開十二樓，還未到十四樓的一剎那，小紙人快如閃電般往電梯門縫竄去，我心中剛生出一個念頭：「紙人夠薄，可以穿過，我怎成？」我的第二個念頭還未生出來，馬上就被他扯了出去。

我定睛一看，見到這兒是偌大的一個辦公廳，上百個小紙人在走來走去，狀甚忙碌。它們一見到我來了，先是呆了

九尾狐

一呆，馬上停下手上的工作；下一刹那，大家忽然一下子就散開，消失得無影無蹤。

這下子，我就真的開始緊張了。我從來都不是一個膽子大的人，大家要明白，我們這一代，所謂的冒險精神，通常只會用在電玩或手遊的世界，哪會親身來到這種地方？

我硬着頭皮繼續往前走，去到辦公廳的盡頭。首先看到的，是一張大椅，那個椅背超過三米高，毛茸茸的，有一種軟綿綿、暖洋洋的魔力。然後，我才發現椅子上坐着一個小老頭，這位老人家有點瘦，似乎也頗矮，本來就不怎麼顯眼，他坐在大椅之上，半個人窩進了椅背之中，驟眼幾乎看他不到。

「小朋友，放輕鬆點，過來讓我瞧瞧！」

「主席，你好！」我的確有點戰戰兢兢。

「哈哈，你不是神獸，不用叫我主席，叫我九尾爺爺吧！」小老頭說話的時候，挪動了一下身體，我發現那張大椅背也跟着不規則的移動，頗為詭異。

九尾爺爺發現我在留意他的大椅，便說：「你覺得很好奇嗎？」然後，那個大椅背就忽然散開來了，原來，那是很多條大尾巴併在一起，並不是甚麼椅背。只不過，這些尾巴大得嚇人，跟他的瘦小身體極不相襯。

我數一數，咦？怎麼有十三條尾巴？不是應該有九條的嗎？

九尾爺爺完全知道我在想甚麼，馬上給我解答心中的問題：「九尾狐是我五千年前改的名字，每一千年就生多一條尾巴，所以總共生了十四條尾巴出來。我這些尾巴太重了，所以不方便出去走動，一般事務，都是用紙人代辦的。」

　　那些大尾巴在我眼前晃來晃去，我忍不住又去數，不是十三條嗎？難道是因為他年紀大了，自己也數錯了？

　　「當然不是我數錯吶，」似乎，九尾爺爺會讀心術，聽到我的心底話，他繼續說：「是這樣的，四十年前，我嫌尾巴太重，拔掉了一條。我沒想到，尾巴帶着我的元氣，自己有了生命，跑出去人類世界闖禍，我花了很多氣力才把他消滅了。」

　　十三打一，有多難？

　　九尾爺爺笑着說：「不是這樣計算的，那一戰，打了七個回合，我也受了點傷，不小心在樓下的雲石牆壁上，留下了七個影子，被人類發現了，鬧出不少風波。」

　　是四十年前的事嗎？大家都忘記了吧，我回去 google 一下，看看有多大的事情。

　　九尾爺爺說：「本來，人類是健忘了，就是有了電腦，所有事情都有了紀錄，我們的秘密就更加難守住了。」

　　我忍不住問：「要守甚麼秘密嗎？」

　　九尾爺爺說：「你以為我們有異能，就很了不起嗎？我們敵不過時代步伐的。所以，一千年前，神獸族立下契約，

不能被人類發現我們的存在，有些神獸就逃到深山去，有些就索性變成人形，走進人類社會中生活，我知道有些還混得很不錯。」

我更是好奇了，問道：「神獸扮成人類嗎？不容易吧！」

九尾爺爺雖然望着我，但好像發了一陣子白日夢似的，靜了一會，又說道：「是不容易的，不過，有些神獸比人類更聰明，幻術又強，應付得來。有些繁衍了後代，子孫們擁有神獸的基因，也分辨不出是人是獸。也有一些，在人間輪迴轉世，幾個循環之後，自己也忘記了本來的身份。」

我把口袋裏的小俞取出來，他馬上變成一隻小狗，站在我腳旁。我跟着說：「也是的，我猜，小俞也是神獸吧，他變小時，可以是一隻老鼠；變大可以是一條狗，甚至是一隻豹，說不定有一天，會變成人類的模樣。」我聽得出，自己的語氣有自豪的感覺。

九尾爺爺說：「這是猰貐（粵音：壓宇）的後代，現在年紀還小，將來長大了，變成甚麼都可以！你和他交朋友，是你的福氣！」

我摸了摸小俞，說：「我們是一起長大的。」

九尾爺爺露出一個老懷安慰的表情，說：「有他在身旁，你就容易執行職務了。」

職務？

「我不能走動，要靠你去探訪世界各地的神獸，確保他

們的現況，不能讓他們有甚麼不軌行徑，令人類知道有神獸的存在。」

我？我可以嗎？

「當然可以！」

●❦❦❦●

九尾爺爺還介紹了許多神獸的習俗，然後說，我要先去找一個叫「白澤」的人，這個人做了幾千年神獸顧問，知曉神獸世界的大小事情。另外，又委派我去做第一件任務：尋找火獸「畢方」的下落。

我們談了四個小時，老實說，我早就覺得自己不是普通人，今日可以遇上這樣的事情，說不定，我就是中國的哈利波特！那時候，根本不會想，為甚麼要聽九尾爺爺的話，也沒有研究有甚麼好處！

臨走的時候，小俞乖巧地變小，回到我的口袋裏。我望一望小紙人，發覺它躺在九尾爺爺的大腿上，沒有動靜。

我有點捨不得，忍不住問：「他不我跟我一起走嗎？我可能還有很多事情要問你的。」

九尾爺爺笑了，拿出一部手提電話來，說：「現代人，通常是用手提電話的，繼續用小紙人聯絡，人家不當你神經病才怪！」

第二章 白澤

・ৡৡৡ・

　　九尾爺爺叫我去找「白澤」，原來是一樁零難度的事。白澤竟然是一個兒童書的作家，就叫做「白澤」，出版了幾十本《山海神童》繪本，畫了很多「cute版」神獸，粉紅色系列，頗受小學生歡迎。說起來，我小時候也看過幾本，好像也聽過他的分享會，長大後卻不好意思拿童書來看，日子久了，便忘記了。在網上一查，原來他今天在中央圖書館講故事，和小朋友見面，要去找他，過來排隊就成，不是甚麼高難度的偵探任務。

　　原來也不用排隊。聽人家說，香港出版市場萎縮，原來真有其事，當年超受歡迎的作家，今天辦這個分享會，只得二十多個觀眾，而且，全部都是小學生。還好，我外型有優勢，大家以為我是初中生，完美地融入了這個童書世界。

　　平心而論，白澤說故事的方法平鋪直敘，甚至有點嘮叨，絕對比不上九尾爺爺。不過，今日我對《山海經》的興趣，又多了許多，當中每一個角色，似乎都有機會遇上，那種心情，自然不一樣。

　　沒多久，白澤講完故事，為幾個小朋友的書簽了名，站起來伸了個懶腰。我才發現，他坐着的時候沒甚麼特別，除了鼻樑和前額比較多皺紋之外，只是一個普通中年男人；但

當他站起來的時候，才發現他身材比一般人高大很多，尤其是手腳都長，去到一個不合比例的程度。

白澤似乎早就發現了我，低頭跟我說：「你來了。」

我不知怎樣回答，便回應：「是的，我來了。」

白澤：「你畢竟來了。」

我答：「我畢竟來了。」咦？我為甚麼會用這種武俠小說腔？

白澤：「你來得有點遲。」

我好像控制不了自己的反應，隨口答：「是有點遲。」這樣對話下去，是否會像武俠片中，在冷月與紅葉之間，忽然拔劍，電光火石地，對攻一招，半截斷劍掉在地上，劍尖有一點血痕……

「嗖」的一聲，小俞在我口袋中跳了出來，變回小狗形狀，躍到白澤的懷中，我才由幻想畫面回到現實。小俞輕輕吠了幾聲，別人聽不懂，我卻聽得明白，他是說：「白澤大人，羅記誠心誠意來請教，你就饒過他吧！」

白澤說：「我見他骨格精奇，試試他有多少功力嘛！」

小俞說：「十多歲的人，怎能和你五千年道行相比？」

白澤輕撫小俞後頸的毛髮，然後向我說：「你叫羅記嗎？可以收養猰貐，要做甚麼也方便。」

我知道剛才是被他催眠了，有少許不忿，便說：「說甚

麼收養，小俞是我弟弟！」

白澤露出一個意外的表情，說：「弟弟？他明明是……」

小俞馬上搶着說：「我足足有五百歲，當然是哥哥！」

小俞五百歲了嗎？我居然沒有想過，一直還以為他跟我一起長大的！

白澤左右打量了我一會，說道：「九尾叫你來找我的嗎？跟他說，我已跟不上時代，不回去了，叫他找其他人吧！」

其實，爺爺沒說要他回去，只是說他可以幫我籌劃行動。不過，看他的樣子，好像很有學識似的，我便說：「神獸的事，你知道得最清楚，怎會過時呢？」

白澤不屑地笑着說：「互聯網這麼普及，不論你是人是獸，有甚麼事情不可以上網查？我知道得再多，也不見得有甚麼功用，不能做山海專員了。」

我在手機上掃了幾掃，發覺很多山海神獸的資訊，都是白澤上載的，我不解，便問道：「神獸的事，不是要保密嗎？怎麼你把這些都放到網上去？」

「呵呵，那些內容，都是關於遠古時代的事，寫出來哄哄小孩子，好歹也留一個紀錄。大家都當這是神話故事，誰會想到大夥兒都來了香港？」

「大家都在香港？」我的確有點意外。

「有些來了，又移民了。」白澤想了想，又說：「不過，

有很多都留了下來。」

我問：「怎麼都來了香港？」

白澤深呼吸了一下，望着我，說：「這要由狻猊（粵音：宣危）說起……」

我馬上進入了一個色彩繽紛的幻想世界，眼前伏着一頭粉紅色的可愛小肥豬。耳邊響起白澤的聲音：「龍有九個兒子，狻猊排行第五，外型像獅子，身披麟甲……」

等等，這個小肥豬怎會像獅子？

白澤馬上說：「對不起，畫了十多年童書，慣了這個風格，馬上改。」果然，小肥豬立即變形，成為頭生一雙短角的獅子。

然後，我就像看3D電影一樣，看了狻猊的一生。不過，白澤說故事太詳細，沒主線，我整理一下，簡單敘述狻猊的經歷：

在龍的九個兒子之中，狻猊天分最高，但性情溫和，不喜鬥爭，所以很少參與戰鬥。他喜歡香火氣味，所以經常伏在佛祖坐前聽經，不知不覺間，領悟了大乘佛理，所以，當文殊菩薩要到人間論道的時候，他自薦為坐騎，對世人的苦難，深有體會。

五台山的五爺廟，便是供奉狻猊的廟宇，由於他了解人間疾苦，所以經常會動用神通，解決附近百姓的困難。清初的時候，康熙皇帝到五台山尋找失蹤的父親順治帝，在這裡

遇上怪風，頭暈轉向，狻猊在危急關頭，現出人形，引領康熙回到行宮。

翌日，康熙再訪五爺廟，發覺廟內的佛像，正是救自己脫離險境的黑臉僧人，馬上派人為佛像漆上金面，封為「聖衍財神菩薩」。康熙的如意算盤，是以「財神」的名頭，引來更鼎盛的供奉，報答狻猊的恩情，只是沒有想到，日子久了，大家穿州過省的，都是來求橫財，求平安的反而少了，狻猊覺得這些香火氣息變了味，便索性離開，往南方浪跡天涯，去訪尋失散了的兄弟。其間，結識了幾個同伴，自稱「四大天王」，行俠仗義，做過幾件路見不平的事。

二百年前，狻猊來到九龍，找到三哥「嘲風」，他和這個哥哥的感情最好，便在這個地方住了下來。

嘲風其實是龍和鳥族生下來的兒子，喜歡登高涉險，常以自己沒長翅膀為憾事。後來，兇獸「窮奇」來了，那是長了翅膀的老虎，嘲風對他非常仰慕，主動和他交朋友，豈料窮奇不安好心，覬覦嘲風的龍血，暗下殺手。

狻猊發現時，已經遲了，遂與窮奇決戰，希望為兄報仇。不過，這個時候，窮奇已吸了一半龍血，力量大增，力壓狻猊，幸而地方百姓支持狻猊，以萬家香火加持狻猊的靈能，終於獲得最後勝利，擊殺窮奇。

驚天動地一戰之後，狻猊元氣大傷，但仍然希望耗用最後真元，要把嘲風救活，嘲風醒轉，說：「我今生無翼，勉強活下來也沒意思，只願百年之後，轉生人世，有飛起來的

一天。」

嘲風說過遺言之後，就在九龍城死去，而他剩下的龍血，則由這個地方流到海邊，也就是後來啟德機場的舊址。

我不禁忖道：這樣說，是嘲風的遺願感召，令後人起了在這兒建設機場的念頭？白澤說：「這可能是因，然後，經歷了七十多年的飛機升降，累積成了嘲風轉生願力？當嘲風轉生後，啟德機場就搬了，何者為因？何者為果？一時也說不上來。」

我露出一個疑惑的眼神，再問：「狻猊的事，和大家有甚麼關係？」

「狻猊把靈魂托在獅子山上。在這段期間，一方面休養生息，以靈氣保佑山下居民，報答大家用香火助他擊敗窮奇。亦是因為這股靈力，吸引了大家，在這兒住了下來。」

我忽然被拉回現實，原來圖書館的時間已夠，白澤便領我們離開，邊走邊講。

白澤問：「九尾知道狻猊轉生到哪處了嗎？你有把握擔任這個任務？」

我坦白說：「我們沒有說過狻猊，他想我找畢方，查8月的一場火災，所以來請你幫忙。」

白澤露出一個不耐煩的表情：「又是火災？怎麼九尾總是懷疑畢方的？我當年查過很多次，火鳥畢方已經改過，不再縱火了，九尾就是多疑！」

第三章 畢方

尖沙咀・重慶大廈・10月寒露

這幾天，小俞好精神，似乎很期待找尋畢方的任務。不過，我「聽」了白澤的故事之後，卻有其他想法。趁身邊沒有別人，我悄悄地對小俞說：「你覺得，我會不會就是狻猊的轉生？」

小俞定睛望了我兩秒，然後就忍不住大笑，笑到在地上打滾，一邊笑一邊說：「你覺得自己哪兒像龍？」

我也有點不好意思，便說：「我看很多網上小說都是這樣的，男主角找來找去，最後原來自己就是天選之子。星球大戰也是這樣的，Luke 本來也不知道自己有原力，他也是遇上師父之後才覺醒的。」

小俞一臉認真地說：「你身上是有神獸基因的，否則，就不會聽到我的話了。但如果你真的是龍之子，身上會有很多靈力，大家會感應得到的。」

我還想說些甚麼，小俞卻轉了一個溫柔的語調，說：「我反而慶幸你不是龍之子，如果是的話，其他神獸會覬覦你的龍血。」

我有點感動，便說：「我說說笑罷了，你覺得，我又不是甚麼武林高手，九尾爺爺為甚麼選我去當神獸專員？」

小俞說：「難道你覺得，專員要很能打嗎？像Joe那樣？」

Joe是我最好的朋友，不，嚴格來說，我是他最好（可能是唯一）的朋友。他比我大五年，是我的學長，高大英俊，成績超好，現在是港大的博士生。另外，他的運動神經也是奧運選手水平的，中學時是有名的「不練波的籃板王」，打架更是未逢敵手。奇怪的是，他完全沒有朋友，只有我和他談得來，他最喜歡掛在口邊的，是對我說「你懂的」和「只有你懂得」。

我便說：「我的確覺得Joe更適合，改天介紹他給九尾爺爺認識。」

小俞露出了一個不屑的眼神：「我倒不覺得他有甚麼用。」

幾天後，白澤帶我到尖沙咀的重慶大廈，他說畢方本來是一隻單足鶴，屬於火系神獸，曾經觸發過多場歷史性大火，包括三國時代。

我馬上搶答：「借東風！火燒連環船！」

白澤微笑說：「借東風只是小說情節，赤壁那場火也和畢方無關。畢方是在夷陵之戰，燒了劉備的軍營 ❶，那時，

---

❶ 三國時代，關羽在麥城之戰中戰敗，被吳國孫權一方所殺。221年，劉備要替關羽報仇，攻打吳國，擊退了吳國的前線部隊。然後雙方在夷陵對峙了半年之久，劉備在密林中紮營，吳國大將陸遜發現了這個機會，用火攻燒蜀國士兵的營寨，號稱「火燒連營」。劉備一方大敗，損失了大量士兵。劉備只好與吳國議和，自此之後，蜀漢兩國之間再無大戰，兩國都傾向於對抗曹操，只可惜蜀國的軍力自此大打折扣，所以，「夷陵之戰」被視為三國前後的分界。

畢方還未變人形，差點暴露了神獸的身份。」

我問：「畢方現在變了人嗎？」

白澤說：「他在明朝的時候已經成了人形，但他本身是單足的，變成人形的時候，同樣缺了一條腿，他自己不大滿意這件事，你見到他，不要提起，表現得自然些。」

剛剛來到門口，就有六、七個黑人、印度人走過來。坦白說，我未見過這麼多外國人，一時間有些膽怯，腳步自然放慢了一點，讓白澤去處理。

只見白澤不慌不忙，說了一句「Paul's Kitchen」，大家就散開了。

我覺得很神奇，便問：「是咒語嗎？」

白澤笑着說：「哪需要用咒語？重慶大廈有很多印度、中東菜的食肆，剛才那些是來推銷的。我講出這裏最有歷史的老字號，他們知道我是熟客，不會幫襯別的店，自然就散去了。」

我有點哭笑不得，白澤也沒取笑我，就帶我到二樓，來到一家中東菜的小店。白澤大聲招呼：「小方，老朋友來探你了！」

一個看似南亞裔的中年男子，由廚房探頭出來，望了望我們，露出一個無奈的表情，然後慢慢走出來，說：「說甚

麼老朋友？你大駕光臨，還不是來查後街火災的事？別瞎猜了，想吃些甚麼？先點菜，然後再說話！」

白澤領我們坐下來，熟練地點了幾個菜，我仔細看畢方，高鼻深目薄唇，皮膚黝黑中帶些許赤紅，身材不高但肩膊很橫，驟眼看，可能會以為是巴基斯坦人；認真看，他的身材比例不大正常。

沒多久，畢方親自把幾道菜送上，老實講，味道實在不錯，我吃了兩口便停不下來，連懷中的小俞也探頭出來，一起大快朵頤。畢方見我們吃得痛快，也高興起來，說：「老白，你這個小朋友真有趣，你來查案，他居然夠膽吃我的東西，還吃得這麼滋味！」

白澤說：「你是無辜的，怎會下毒？告訴你，這個小朋友，是九尾選出來的新專員，不是普通人，也不會那麼容易被毒死。」

是嗎？我不怕毒嗎？我可不敢說。

畢方當然聽不到我的心聲，他看了我兩眼，說：「老狐狸選出來的嗎？不是吧！這小子滿順眼的，不像老狐狸的子孫，狐狸們都是賊眉賊眼的。」

我忽然發現一件奇怪的事情，初初見到畢方的時候，可能是因為他的皮膚太黑，眼窩太深，我是有點怕的。但當我聽見他說得一口流利廣東話的時候，就覺得有點親切感，慢慢也沒有害怕的感覺。

畢方又說：「8月時，中間道燒了那場離奇大火，我就知道你們會懷疑我了。我再說一次，我現在是火的藝術家，控制力超凡脫俗，你們才吃到這麼好的菜式。所以，不會再玩這些大火玩意了。」

白澤說：「我是相信你的，但九尾不知道嘛。」

畢方嘆了口氣，便說：「多說無益，來吧！」

白澤一手拖着我，一手拖着畢方，說：「羅記，就由你來做證人好了。」

馬上，我就進入一個幻象世界，見到四面八方都是火海，燒完一場又一場。忽然來到一個地方，看到漫山遍野都是古代軍營，一隻青色羽毛，帶紅色斑點的鶴，來回飛翔。青鶴每到一個營，就馬上起火，火勢一發不可收拾。

我聽到白澤的聲音，說：「這是畢方最滿意的一場火，大勝他的宿敵，所以在他的記憶中印象最深刻。」

原來，白澤是把我帶到畢方的記憶中，眼前見到的，就是他的經歷。

「不是吶，」畢方的聲音響起：「鸝（粵音：旅）是我的好朋友，怎會是我的宿敵？那時候，我們只是專心比賽，我放火，他吃火。那年頭，不知不覺傷了人命，作了很多孽，也連累劉備輸了這場仗，後來很是後悔。」

然後，我又穿越了不同的時空，看見畢方惹了其他火頭，果然這些場景沒有剛才那麼深刻。忽然，又來到一個像

皇宮似的地方，我看見畢方已經成了半人的形態，在這兒放火。不過，火不大，而且有另一位神獸在，是一隻生了兩個頭的麻鷹，大口大口把火吞了。

「這是鸓，喜歡吃火。」白澤說：「你現在看到的，是明朝末期三大奇案的『梃擊案』。」❷

「這次，明明是鸓贏了，但他偏偏就是不高興，翌日就走了，從此之後，我就從來沒有再見到他。」畢方的語氣充滿唏噓。

然後，他似乎真的沒有再鬧事了。又過了一段時間，到了現代，咦，這座燃燒中的教堂，有點眼熟。

白澤說：「這是 1835 年澳門的大三巴火災。」❸

畢方馬上說：「那次是意外，以後就再沒有了。這場火，我也後悔了，所以最後控制自己，只燒了一半。」

他說的不錯，往後再見到的火，都是爐灶上的火，

---

❷ 明朝晚期，明神宗喜歡鄭貴妃，也喜歡她生的皇三子，所以，一直想找機會，立皇三子為承繼人，考慮廢掉本來的太子。1615 年，有一個叫張差的男人，手持木棍，闖入當時的太子宮中。經過審問後，原來張差是賣柴的，他的柴火無端被人燒了，他四處投訴，結果遇上了鄭貴妃手下的太監。太監收買了張差，叫他進宮後見人就打，要打死身穿黃袍的人（太子才能穿黃袍）。大家當然懷疑，是鄭貴妃想要謀殺太子，鬧出了這宗案件後，皇帝也放棄了換太子，太子的地位因而穩固。

❸ 澳門「大三巴牌坊」的前身是聖保祿教堂，1835 年，葡萄牙軍隊駐紮時，在廚房裡存放的大量柴薪，意外引發了一場大火。火勢迅速蔓延至整個教堂。兩個多小時後，教堂的大部分地方，都被燒成一片廢墟。至今只剩下教堂的正面前壁、大部分地基以及教堂前的六十八級石階，大家認為，教堂前壁就像中國傳統的牌坊，所以稱之為「大三巴牌坊」。

畢方

而且，影像統統都很深刻。畢方說：「七十年前，我用駕御火的能力，煮了幾道菜，引來食客的讚賞，我就專心研究這個了。」

我眼角看見一個胖胖的小孩，出現了幾次，隨口問：「你收了徒弟嗎？」畢方答「有」，我沒有太留意，甚至沒發現那個人在不同年代，都是小孩的形相。如果當時留意多些，便有可能避免明年3月的另一場火災，不過，那時真的沒辦法想得太仔細。

我懷中的小俞忽然掙扎了一下，我便回到現實中，原來我們三個男人，手拖手坐了半小時，開始引起其他人的異樣目光。畢方大聲說話：「老澤，我們多年沒見，你的兒子這麼大了，快來吃我的新菜式！」

畢方低聲再說：「你倆表現自然些，多坐一會，免得街坊誤會我！」

白澤笑說：「曉得。今日帶着新專員，時間用多了，不好意思。」

畢方抱怨道：「還說，你簡直當自己是歷史導賞員！而且，這幾十年來，每當有離奇火災，你就來查我一遍，你不覺得煩厭嗎？」

白澤露出誠懇得有點過火的眼神，道：「這個方法，證明你是清白的，不是很方便嗎？不如，你索性跟我們一起，去查這些案件的兇手。查到了，更可以證明九尾的偏見。」

畢方一面不屑的說：「好端端的，我吃飽了撐着嗎？為甚麼要陪你出去？」

我忍不住插嘴：「你為甚麼要留在這兒？憑你的廚藝，出去之後，很容易就是一代廚神。」

畢方笑了，說：「我喜歡這兒。你覺得這兒住了些甚麼人？」

我說：「印度人、巴基斯坦人，也應該有些非洲人。」

畢方瞇着眼睛，很滿足地說：「你可以話，這兒有幾十個國家的人；亦可以話大家都是香港人，都在講廣東話，我們看 TVB 節目，可能比外面的人還要多。我在這兒，沒有人會問我從哪裡來，沒有人會問我有甚麼往事，大家都知道我今日是一個好廚師，活在當下，我享受這種生活。」

他頓了一頓，又斜眼看着白澤說：「最低限度，這兒沒有人會懷疑我是縱火狂！」

白澤一手按着自己胸口，一手搭着畢方，說：「其實，我一直都信你，而且，神獸族需要你。」

「但我不需要你們！」畢方衝口而出，出了這句，似乎又覺得自己語氣太決絕，便對我說：「不過，我喜歡你這小子，如果有人欺負你，馬上來找我，老白只靠一張嘴，真的開打起來，他自己也保護不了自己。有我在，天下間有能力欺負你的人，也真不多！」

和畢方吃完這頓飯之後，白澤就帶我離開了。

「大功告成！你回去，把看到的東西，如實告訴九尾，畢方是無辜的，人類的火災不一定和神獸有關。」白澤跟我說。

我忍不住問：「畢方說有機會和其他神獸開打，有這樣的事嗎？」

白澤從口袋中，拿出一柄小刀給我，然後說：「這是『獬豸』（粵音：博宜）的角，送給你。」

我把小刀握在手中細看，刀柄是一隻十五公分長的羊角，刀身大概只有刀柄一半長度，一點也不鋒利。我忍不住問：「這是小朋友玩具嗎？」

白澤鄭重地說：「『獬豸』的角不是實戰的武器，但可以為配帶者增強勇氣。」

我笑說：「你怎不早些給我？」

「如果你本身完全沒有勇氣，『獬豸』角也沒有功效。我見你面對畢方，仍然談吐自若，不像一般的孩子，送給你，才不會浪費。」

第四章　鑿齒

做了一個月神獸專員，發覺是件非常輕鬆的差事，只是去探訪了幾位神獸，大家都是客客氣氣的，閒話家常，見到他們安居樂業，回去報告九尾爺爺，便順利交差了。那種感覺，就像做義工，去探訪獨居老人一樣。事實上，他們都喜歡想當年，所不同的是，神獸的想當年，通常都會由幾千年前講起。

還有一次，有一位七分似人的肥神獸，說我沒文化，硬要帶我去看粵劇。只不過，在他的解說之下，本來沉悶的粵劇，又意外地頗有趣味性。

可能會問，我往年雖然也有參加學校的義工服務，但每年都只是出席一次活動，僅僅達到學校的要求便算數，現在為何這麼積極地去做神獸專員？

實不相瞞，白澤的催眠異能太實用，每次行動之後，他會直接把那個星期的課程，植入我的大腦，於是，我完全不用溫習，就可以自動學懂所有學科，方便快捷！本來，我一向的成績都保持在中上水平，現在有白澤之助，簡單是如虎添翼，事半功倍！我相信，這樣發展下去，明年必入港大！

（當然，我這時沒法想像，明年 DSE 會「炒車」！）

既然學業有着落，日子變得清閒，也是時候見見朋友了。

自從我認識了九尾爺爺之後，一直也沒有見過 Joe，正想發一個短訊給他，沒想到他馬上就打電話給我。

「我在大南街……老地方……你可以過一過來嗎？」Joe 的聲音有點顫抖，明顯地有些不安。

我不知道他遇上甚麼事，但似乎是有需要幫忙，我連忙趕到「雷生春堂」附近的那家咖啡店。

其實，這家咖啡店，也是我們常來的地方，不知是哪年開始，有人在深水埗開了一些文青小店，慢慢變成潮流。我和 Joe 住得不遠，所以也經常來這邊蹓躂。

我匆匆來到，還未進門口，口袋中的小俞拉了我一下（他不喜歡 Joe，所以變成天竺鼠，躲在我的口袋中），示意我不要進去。原來，Joe 正躲在旁邊暗處，他那一米八五的身高，要躲在梯間，的確不容易！

「遇到甚麼事了？」我本來以為，他大概是沒帶錢包之類的事情，哪知道，他根本未進去。

Joe 囁囁嚅嚅，講了大半天，我終於明白了，原來他在網上認識了一個女生，約好了在這兒見面，但他去到又不敢和人家相認，我的訊息正好這個時候出現，他便想，不如由我代他去見面。

「網騙？人家很醜？」我問。

「我看過，清純類。」Joe 說。

「整整遲了一小時，她還肯等？」

「她還在，我發了訊息，說遇上了車禍，所以遲。」Joe 說。

我把「獬豸角」放在他掌中，說：「提起勇氣來，你自己去！」

Joe 握着「獬豸角」，有點惘然，說：「這不是勇氣問題，你擅長說話，你去。」

我記得，白澤說過，「獬豸角」可以增強勇氣，但如果本身完全沒有勇氣的話，就不能發揮作用。似乎，Joe 是沒救的呐，一場兄弟，總要幫他一幫。

「請問，你是 Momoko ？」我一眼就看出，咖啡店中，這個清純少女在等 Joe，我再說：「我當然不會認錯，這兒只有你，有桃花的氣質。」（Momoko 是日文桃子的英文翻譯。）

估不到，對方上下打量了我三秒鐘，便站起來，說：「你是 Joe ？你……一米六？我有事，要走了，你遲到，這杯咖啡由你付帳。」

我一出場，就搞砸了 Joe 的約會，這個黑鍋，我可扛不起，好歹也要盡力留她下來，多聊幾句。幸好，我身上帶了「大絕」。

不慌不忙地，我把小俞放在桌上，說：「太可惜了，我本來想介紹這個小朋友給你認識，剛才遇上車禍，把他嚇了一跳，怪可憐的。」

小俞懂配合，怯生生地在咖啡杯後，探頭出來，把兩眼稍稍變大，水汪汪的望着 Momoko，非常惹人憐愛！

Momoko 的眼睛立馬放光，忍不住說：「好可愛！是天竺鼠嗎？」人就已經回到座位上。

我的「大絕」還有不同的變化，一般女生，從來都不能招架的。我說：「他其實是刺蝟，不是天竺鼠。」我一邊說，小俞一邊變化，在背上生出一些小刺，把鼻子變小，儘量似一隻刺蝟。

坦白說，小俞由天竺鼠變刺蝟，只有七成相似，但女生怎會懂得分辨？只覺得是一種帶有陌生氣質的可愛。我再說：「刺蝟又不等於箭豬，他們除了體型比較細小之外，背上的刺也沒有殺傷力，你可以摸一摸，就知道了。」

Momoko 可以說是毫無招架能力，伸手摸小俞背上的小刺，我知道那種軟軟的、癢癢的觸感，和一般小動物很不一樣。她摸多了幾下，小俞假扮害羞，縮作一團，然後又伸頭出來偷望，用他五百年的火候，來算計一個二十歲小女生，根本就是強弱懸殊！Momoko 又怎會捨得離開？

話匣子打開，一個小時很快就過去了，我正在盤算，怎樣結束這場遊戲，Momoko 突然用一個很認真的表情望着

我，說：「Joe，我想坦白跟你說，Momoko 其實是我姐姐，她有點社恐，不喜歡和人交際，但在網上和你談得來，所以想見見你。家裏人擔心，便叫我代她赴約，不過，姐姐有一個基本要求，就是對方身材要比她高，這一點，希望你明白。我見你的人這麼好，不想欺騙你。」

她的態度這麼誠懇，我絕對相信 Joe 不會怪她們姐妹。這時候，Joe 正坐在我身後兩張枱的位置，我不用回頭，也知道他已經站了起來，他的內心激動，我這個距離是感應得到的（我有時會懷疑，這種感應別人情緒的能力，是一種異能）。

我便說：「其實我也不是 Joe……」話未說完，女生身後的另一張枱，又有異動，一個身材頗為高挑的女子站了起來，很明顯，她也發現了 Joe，露出了一個「眾裏尋他千百度」的表情。

我其實還在說話：「Joe 有看過心理醫生，據說有『述情障礙』問題，所以不擅長表達自己的情緒，不過，為人善良，絕對是值得交的朋友。」不過，整間咖啡店的目光焦點，都集中在兩個「高個子」的遙遙對望，根本沒有人聽到我在說話。我細看正版 Momoko，發現她也有「桃」的氣質，不過不是桃花，是桃樹！

我又發現，原來，咖啡店是一直在播音樂的，只不過，當大家都在說話的時候，沒有人留意。現在，全部人都靜下來，剛好播到「風裏笑着風裏唱，感激天意碰着你……」那

個氣氛，的確是荷里活電影一樣。

然後，Joe 和 Momoko 就來到我們這張枱，坐了下來。往後十分鐘，他們交談不足十句說話，但就有一種和諧的氣氛。Momoko 的妹妹很識趣，跟我說：「看來，我們的任務很成功，亦該功成身退了。」

我當然同意，就離座和她一起走了，臨離開咖啡店之前，眼尾看見 Momoko 主動坐到 Joe 的旁邊。

●━❦━●

我剛剛走到下一個街口，前後大概三分鐘左右，Joe 突然跑到過來，一手把我抱起，飛也似的跑出三個街口，去到一個小公園，才停了下來。

「你不能拋下我在那邊！」Joe 急着說。奇怪，他的發音有點含糊，和平日不太相同。

「有古怪！」小俞跳到 Joe 的身上，拉開他的衣領，原來他忽然長出一身又濃又密的棕色長毛。然後，Joe 拿出一個小銀銼……甚麼，用這個來刷牙？

原來，他在下顎長出了兩枚獠牙，向上伸展到兩邊鼻翼，他正要把獠牙挫短。一邊挫，一邊說：「我自小就有這個病，一緊張就會長出長毛，不用怕。但幫我留意着，不要讓 Momoko 看見我這副德性。」

●━❦━●

「你朋友是『鑿齒』的兒子，當獠牙長出來之後，異能

鑿齒

43

就會覺醒。」我帶 Joe 去見白澤，白澤一眼就認出 Joe 是神獸後代。

Joe 苦惱地說：「鑿齒？有辦法醫治嗎？你們早上刷牙剃鬚，五分鐘就可以了，我每天醒來，要花多一個小時挫牙剃毛，多可憐！」

白澤說：「你直接承繼了異能，戰鬥力比任何武術家都強，身體復原能力又快，別人羨慕也來不及。對了，你老爸呢？去了哪？」

Joe 靜默了一會，才開口說：「老爸過身十多年了。」

白澤大奇：「鑿齒武功蓋世，誰殺得了他？」

「老爸買了大量雷曼債券，以為是低風險平穩投資，豈料在 2008 年全部輸掉，他忽然老了很多很多，以前好過來的傷患，逐一復發，沒多久就過身了。」Joe 一口氣說了這麼多話，然後就無以為繼了，只見他低下頭，不知道是否在等我們回應。

我和白澤都不知道怎樣回答。

第五章　朏朏

中環・娛樂行・11夕中感恩節

• ✦◊✦ •

白澤說要帶 Joe 去見心理醫生，我們說，Joe 自小就有做心理諮詢，他只是有「述情障礙」的問題，簡單的說，就是搞不懂自己的內在情緒，也不能理解別人的情緒，導致同理心不足。

Joe 說：「自閉症人士常有，述情障礙，很普遍，沒事的。」

我說：「Joe 媽只要求他成績好，他已經在香港大學讀博士了，Joe 媽就覺得沒有問題。」

白澤問：「你媽知道你是鑿齒嗎？」

Joe 說：「她知道吧？我小時候，她幫我挫牙剃毛。」

白澤語重心長地說：「神獸有神獸的心理醫生，這些事，人類的專家，怎會弄得明白？」

• ✦◊✦ •

翌日，帶着白澤給我們的名片，我和 Joe 來到中環的娛樂行大廈，找到心理醫生 Felicia 樊教授的醫務所。白澤早就幫我們約好了，所以，樊教授馬上就接見我們。

白澤亦跟我們說過，樊教授其實是「朏朏」（粵音：匪匪），那是山貓模樣的神獸，古人認為飼養牠可以治療憂愁，

我想，牠大概是用這種異能來醫心理病的吧！

當我還在幻想，一頭山貓怎可能扮成心理醫生，完全沒有心理準備，樊教授竟然是個超級美女！我們和 Joe 看到她，根本不懂反應，兩個呆立在門口。有那麼一刹，我甚至懷疑自己中了魔法！

樊教授笑了，道：「小朋友，不用罰站，我們有椅子的。」

我很快便回過神來，儘量讓自己表現得自然些，一邊坐下，一邊想，要找些甚麼話題，便說：「白澤老師跟我提過你。」

「呵呵，老白一定說我是頭山貓。」樊教授笑得開懷，看着她的笑容，我們才知道甚麼是天花亂墜的意思，只聽她繼續說：「我有一個道理，神獸要做人，可以長得極醜，讓人不想看清楚；也可以長得極美，讓人不好意思看清楚。像老白那樣，又改不了那張馬臉，遲早會被人發現。」

我想一想，她說得非常有道理，怪不得早前遇過的神獸，都是醜的居多。我忍不住問：「神獸為甚麼要做人？」

樊教授說：「當初，人類社會版圖擴大了，三百神獸生活空間不足，又仰慕人類的文明，便立下約定，要混入人類社會生活。這件事的發起人就是九尾與老白，他們沒有跟你說過嗎？」

我搖了搖頭，這時候，Joe 才懂得坐下來。

樊教授優雅地呷了一口茶，又說：「你們生出來就是人

類，不知道自己有多幸福。我一千年前開始，決定要做最似人類的一個，所以下了很多苦功，後來，來到香港，讀了大量人類學、社會學、語言學、心理學的學位，最後成為了專家。」

我問：「那麼，你來做專員，不是最合適嗎？」

樊教授有點欲言又止，頓了一頓，說：「你也做得不錯嘛，大家對你的口碑都不錯。」

「神獸之間有聯絡的嗎？」

樊教授又笑了，指一指枱上的手提電話，說：「我們的Whatsapp 群組，當然沒有九尾和老白吶，將來可能也可以把你們加進來，也說不定。」

我看一看，手機畫面上，果然有一個「山海同鄉會」群組。

「他們提起過，你有猰貐做同伴，給我看看。」樊教授說。

小俞馬上就跳到她的桌子上，好奇地打量着這位前輩。

樊教授親切地說：「你父母都是我的好朋友，有甚麼事情，隨時都可以來找我。你也有五百歲了吧，還未修成人形麼？」

小俞不好意思地說：「差不多了，也不急在一時。」

樊教授微笑着說：「你也可以在我這兒住一陣子，保證

你會進步神速。」

小俞呆了一呆，立即便跳回我懷中，明顯地表示不想留下來。這時候，Joe乾咳了一聲，樊教授便說：「對了，Joe，你才是今天的主角，我應該怎樣幫你？」

Joe猶疑了一下，才說：「我有述情障礙，治得好嗎？」Joe在背包取出一大疊診症文件，都是些問卷之類的東西。

樊教授看了一會，露出一個「果然如此」的微笑。然後，伸手出來，示意Joe走過去她的身邊，然後，自己也站起來，走到Joe和我之間的中間，背着我。他們兩個應該是對望吧，我這個角度，只看到Joe的正面和樊教授的背。

我有點好奇，正想走過去看清楚，這時候，Joe忽然露出一個驚恐的表情，驚叫一聲，跌坐在樊教授的椅子上。然後，我看到Joe開始在喘氣，身上長出長毛，那兩枚獠牙也伸了出來。

我忍不住問：「樊教授，你變了個甚麼模樣，來嚇Joe？」

樊教授依然背着我，伸手在自己臉上摸摸捏捏，一邊說：「先別看我，看他。」

我再看Joe時，他的獠牙剛剛伸到鼻翼兩邊，驚恐表情已經褪去了，眼神也變得清晰有神，外貌雖然是怪的，但看上去神氣了許多！

樊教授說：「這個是你的本相，隱藏得太久，會迷失，

那是很自然的事。一般心理醫生不知道你是神獸，認為你是述情障礙，那是正常的。真正的問題，是你否定了自己的本性。」

Joe 說：「媽媽是這樣教我的。」

樊教授說：「人類對於不認識的東西，先是逃避，然後會神化或魔化，這也算是一種自我保護的機制。但不適合你。」

「我爸也一樣，每天要挫牙和剃毛。」

「你爸的性格已經成熟，當然沒問題了。」

Joe 有點不忿氣：「你長得好看，自然可以面對自己的本相，你也沒有神獸特徵。」

樊教授摸了摸她的厚毛頸巾，頸巾馬上變色，成為了 Burberry 的招牌格仔。然後，她自傲的說：「我頸上天生厚毛，也是朏朏的標誌，我天天帶着，也是好的。」

我忍不住問：「你夏天也『戴』毛頸巾？」

「戴呀，我可捨不得剃，大家都接受了，這是我的時裝特色。」樊教授再摸她的厚毛，這頸巾又變成褐色，帶着 Gucci 標誌印花的圖案，她笑說：「當然有人笑我貪戀名牌，這也是人類的特色嘛。」

她笑了一會，忽然轉話題，問我：「你聽得懂 Joe 的話嗎？」

「懂呀。」我答。的確，Joe變身之後，口音非常含糊，相信是受那獠牙的影響吧。但我卻仍然是每一個字都聽得明白。

樊教授很滿意地說：「很簡單，羅記就是你的治療師。」

「甚麼？」我們都很疑惑。

「首先，Joe要接受自己是神獸，現在大家都戴口罩，看不到你的牙。毛不用剃光，修剪一下就成。」樊教授在電腦上展示一張奇諾・李維斯的照片，作為示範。「另外，你和羅記交朋友，不是偶然的，羅記有一種聽人說話的天賦，所以你覺得他明白你，比你老媽明白得更透澈。」

小俞答：「這個我同意，我覺得，只差一步，羅記就可以和九尾一樣，聽到別人的心聲。」

「是的，只差一步，但這一步卻不知有多遠，急不來。這也是羅記可以做專員的原因。」樊教授繼續說：「以後，羅記去做專員活動時，帶Joe一起，去放電。」

「像遛狗一樣！」小俞很興奮，他平日最自豪的，就是他不用我遛狗，現在，他自覺比Joe高了一級。幸好Joe聽不懂小俞的說話，在Joe聽來，那只是幾聲狗吠。

Joe說：「多見神獸，我會變獸嗎？我有點擔心，在這個……狀態，渾身……不自在……好像想揍人？」

樊教授慢慢的解說：「正常的，牙是鑿齒的力量源頭，長出來時，你體內的能量會增加，適應不到的話，會有暴力

傾向。」

　　Joe 很苦惱：「那怎麼辦？」

　　「有一個最簡單的辦法。」樊教授拿了幾枚銀針出來，刺在 Joe 的右手臂上，馬上就看見 Joe 手臂上的肌肉逐漸脹大。

　　「不是吧？」Joe、我、小俞都嚇了一跳。

　　「神獸的本質，用最直接的方法，往往最有效果。而且，你又不能去找牙醫幫忙，其他人亦沒這個力量。放心，打掉一隻牙就夠了，不用兩隻都打下來。」樊教授用一個理所當然的語調來說。

　　Joe 向我流露出一個疑問的眼神，我便把「獬豸角」放在他左手掌中。他握了一握，眼神立刻變得堅定，深吸一口氣，揮右拳打向自己左邊臉。「嘭」的一聲，真的把他左邊的獠牙打了下來，鮮血灑個滿地。

　　這時，樊教授剛剛轉身過來，手上拿着一枚針筒，瞪眼問：「不用打麻醉針嗎？」

第六章　朱厭

佐敦・麥當勞・12夕聖誕節

這段日子，Joe 真的打扮起來，他蓄起鬍子，果然有幾分似奇諾・李維斯。他現在戴口罩，把那枚獠牙遮起來，說話開始有自信心，陪我去見過其他神獸，感覺好了很多。

九尾爺爺見到 Joe，說這是天意。原來，專員一向都是三人一組的，而第一代專員，朏朏和白澤都有份，稱為「貓豬馬三俠」，但後來三人爭排名，吵了幾架，就拆夥了。究竟為甚麼會有排名的問題？九尾爺爺說，這是「朱厭」搞的陰謀。

這時候，我腦海中，已經植入了三百神獸的資料，所以馬上就知道，朱厭是一頭白頭紅腳的怪猿，記載之中，他會引起戰爭，究竟怎樣引起呢？就沒有詳細記錄。

「人類總以為貪欲、自私、好勇鬥狠等等，是戰爭的原因，殊不知，『比較心』才是真正的禍端。不論人或神獸，只要把自己和別人比較，生出好勝心，競爭就會開始，戰爭往往就是這樣來的。」九尾爺爺這樣說。

我有點不同意：「不是說，有競爭才有進步嗎？」

九尾爺爺說：「也有可能的，人類這方面比較多花款，有各種運動比賽，輸贏有清晰指引。但世界有很多其他競爭，牽涉的東西千變萬化，不能簡單分勝負，就會結怨，生出仇

恨。」

　　我似明非明，回答說：「所以白澤雖然認識朏朏，但就不願意去和她見面。」

　　「所以，你們要去找朱厭，既要查察他有沒有興波作浪，也順便考驗你們三個是否理想的伙伴。」九尾爺爺就派我、Joe、小俞去找朱厭，白澤不想加入，但他說畢方的幫助更大。

●～✦～●

　　朱厭已經完全擺脫了猿猴的形相，現在是一個白髮無鬚的「後中年」男人，帶着簡單行李，整天在佐敦麥當勞呆着，無所事事。

　　「老朱，你穿着光鮮，身上這件外套，乾乾淨淨的，連皺紋也沒有一條，要扮露宿者，別人一眼就看出了吧！」我們在麥當勞一個角落找到朱厭，畢方一見面就問。

　　朱厭擺出一個自豪的表情：「小方，你有所不知了，我們叫『麥難民』不是露宿者，不是真的很窮，只是住得太遠，又或者只是不想回家，所以聚在一起。你們看，這麼多人聚在一起，完全沒有人懷疑我是神獸，我也的確有幾分道行！」

　　我忍不住問：「這兩年，麥當勞不做廿四小時營業，你們怎辦？」

　　朱厭望了我一會，答：「又不是無家可歸，有甚麼問題？不過，上個月恢復正常，大家又陸續回來了，好有默契。」

朱厭

頓了一頓，又說：「小方，這個小朋友，是你新收的徒弟嗎？」

畢方也不客氣，道：「如果我收徒弟，我才不會帶來見你！這小子是老狐狸的人。」

朱厭有點意外：「你和九尾和好了嗎？咦？這小子是新的專員？」

我趁機會介紹自己：「我是羅記，這位是鑿齒 Joe，還有猰貐小俞。」

朱厭說：「又是三個人，那麼，你是繼承老白的吧！來來來，先來下一局棋！」他一邊說，一邊從行囊中取出一副象棋，俐落地布置起來。

畢方跟我說：「別上當，老朱在漢朝時，由韓信親自教他棋藝的，和他下棋，只輸不贏。」●

朱厭馬上糾正：「不，那時，韓信發明象棋，目的是要把他的兵法傳下來，我輔助他一起設計的。仕可以斜行，就是我的意見。」幾句話的時間，他就把棋盤擺好，對我說：「小朋友，別怕，我讓你車馬炮。」

我福至心靈，想起九尾爺爺說「爭勝心」的話，便回答：「你不要讓我，我輸好了，沒關係。但我會全力以赴，看看我們有多遠距離。」

朱厭大奇，問：「你不想贏？」

● 傳說故事之中，漢初的韓信，被控謀反，要被處死。在監獄中，他擔心自己的兵法失傳，便創作出象棋，用這個方法把兵法傳授給獄卒。

我答：「想，但想贏的欲望，未至於要自己騙自己。」

然後，我們下棋，我輸得極快，連輸三局。前兩局只走了十步，第三局走多了三步，小俞大叫：「有進步！」朱厭又問：「你真的不想贏？下一局，我讓你車馬炮，你就有機會了。」

我坦然答：「不用了，跟你下了三局棋，我有點進步，已經賺了。」

我們專心下棋，畢方也沒閒着，他拿麥當勞的薯條漢堡包麥樂雞切碎，做起分子料理來。他在掌心起了一個小火，把接近粉狀的肉碎混合，燒成兩碟，一碟鵝肝醬，一碟燒鴨胸的味道。

朱厭吃了兩口，大讚，並說：「你可以把可樂變成紅酒嗎？」

畢方說：「怕你喝了酒，會露出猿形。」我接口道：「也怕你帶來戰爭。」

「終於入題了！」朱厭說：「我已經很久沒有搞兵法了，我現在每天都在棋盤上開戰，更開心。」

「你騙得了誰？」畢方說：「要不是因為你，我和鷸就不會打起來。別人不知道，我可知得清楚。」

朱厭說：「我認，夷陵之戰，的確是我的挑撥，才讓你去燒劉備的軍營。你想想，沒有那場火，劉備和孫權兩敗俱傷的話，三國的勢力就不會平衡。但鷸後來出走的事，我也

毫不知情，與我無關。」

我問：「你就是喜歡挑撥嗎？」

朱厭說：「那是權謀，不是挑撥。我是鬼谷子的學生，戰國時代，我們師兄弟三人，運籌帷幄，把七個國家擺弄，結果令天下太平了好一段日子……」

我大奇，插口問道：「鬼谷子？你說的是蘇秦？」早陣子，那位醉心粵劇的胖神獸，剛剛帶過我去看《六國大封相》，記憶猶新！

「哈哈，其實，我才是大師兄，蘇秦和張儀是師弟。」朱厭自豪的說。

「那時，你還未變人形，怎做大師兄？」畢方搭嘴說道。

「我雖是猿猴身，但師父知我通靈，把他所學，傾囊傳授。如果那時我是人身的話，早就天下聞名，名留青史了。」他頓了一頓，又說：「那時，蘇秦連結六國，齊心抗秦。我怕真的打起來，不可收拾，便教蘇秦用激將法，激張儀去輔助秦國，往後多年，他們兩人暗通款曲，以謀略平衡七國勢力，七國專心在外交政策上比賽，真的沒有打過甚麼大仗，百姓安享太平，這就是我們『縱橫家』的最高境界。」

我問：「你引誘大家爭勝，難道不是挑撥嗎？」

「你們沒看懂，以為我們挑撥。其實，爭勝是人類天生的種子，與生俱來，我只是讓一些事情提早發生。」朱厭吃完最後一片鴨胸，又說：「舉個例，鑿齒和猰貐是世仇，

五千年前，鑿齒茹毛飲血，獵殺猰貐為糧食，你兩個同伴現在沒甚麼，但始終都會打起來。」

我想起小俞一向都不喜歡 Joe，心忖原來真的有這樣的前因，正啄磨應該怎樣回答⋯⋯

「我的祖先是野人，」Joe 慢慢的說：「不過，我想問，世上有哪一位的祖先，在石器時代不是茹毛飲血的？我在 2000 年出世，現在是香港大學的博士生，平日連魚生也不吃的。如果你以為鑿齒長了一把大鬍子，就一定是粗人，這種想法，已經不合時宜。」

其實，Joe 曾經幫我補習，我知道他在和我獨處時，說話是流利的，不過，他很少和陌生人說話，所以，見他這樣回答，我也有點意外。

Joe 伸手去摸小俞，我知道他已經說完了，便代他續下去說：「我不知道你現在的社交圈子如何，我個人認為，香港普遍教育水平已經提高了，不容易中你的古代圈套。你看，你先想引起我的爭勝心，不成功；又再想離間 Joe 和小俞的關係，也失敗了。也許，九尾爺爺對你的憂慮，是不必要的了。」小俞也懂得配合，刻意表現得很親近 Joe，然後還向朱厭做了一個不屑的眼神。

朱厭被搶白個措手不及，一時間，不知怎樣回答。

我和畢方忍住了笑，我打圓場說：「朱前輩不要介意，也可能是我多心了，你未必真的是挑撥我們。」

朱厭的面色依然是陣青陣白，未及回應，畢方又說：「老朱，現在新一代，有自己一套，我們的方法，已經不管用了。我專心火藝，煮出來的東西人人讚賞；你的棋藝也是一絕，不如發展一下。」

　　我說：「對啊！上個月，有人用 AI 發展象棋，擊敗了中國的專業棋手，也許，你也是時候出山了。」

　　我看見朱厭剛剛開始迷惘的眼神，逐漸現出神彩。

第七章 狸力

●⟨⟩●

「砰嘭」一聲震天價響，Joe 和一個胖子神獸各出一拳，兩拳相轟之下，連地台也為之一震。那神獸叫「狸力」，已經修成人形，看起來，只是一個五短身材的普通中年胖子，但兩隻手掌異常肥大，握起拳來比常人大三倍。

這一拳，看似不分高下，但 Joe 是鼓足氣力才轟過去的，而狸力隨手就接下來了，兩者力量頗有差距。Joe 這一拳討不了便宜，一扭身，右腿劃了一個半圓，越過頭頂，狠狠地斜劈狸力右頸側。

狸力曲起右臂，硬捱這一腳，依然沒退半步。

Joe 兩記重招無功而還，知道要改變戰略，兩條腿像皮鞭一樣，在不同方向往狸力身上抽打。狸力依然不為所動，站穩椿，舉起兩隻碩大的前臂，連擋 Joe 十八記腿擊。

當 Joe 的連環腿攻勢稍緩，狸力抓緊那剎那間的空隙，轟出簡單的一記直拳。Joe 雖然及時接下這招，沒有受傷，但也被他一記轟飛。

眼看 Joe 要跌個四腳朝天，小俞已經變身成為一頭大型金毛尋回犬，在 Joe 落地前把他墊住，然後用兩條後腿，在 Joe 的腰背一撐，把 Joe 送到狸力面前。

狸力眼明手快，立馬撥開 Joe 的拳頭；不料 Joe 的拳是虛招，人已欺至狸力面前，一記肘擊打中狸力胸前。狸力吸一口氣，用胸前肌肉硬接，依然不動分毫！

小俞變成一隻貂鼠，極速撞到 Joe 左肩之上；Joe 雙腳剛剛站實，把這度外力轉移到右手肘擊之上，狸力沒想到 Joe 力分兩重，終於退了一步！

•❧❦❧•

他們怎會打起來？狸力其實就是早前經常帶我去看粵劇的神獸，他早就已經變成人形，大家都以為他是油麻地的一個玉器商人，隱形小富豪。其實，他曾經是九尾爺爺的三專員之一，鼎鼎大名「貓豬馬三俠」的豬俠，堪稱一代宗師！

這兒，必須補充一句，據九尾爺爺所說，在遠古時代，豬不是家畜，山豬野豬都是兇猛的動物，與後來被人類圈養之後，那種好吃貪睡的形象，有很大分別。

言歸正傳，我也真的沒想過，會和狸力打起來。農曆新年嘛，我們當然要向大家拜年，賺些利是錢。往年，家裏的親戚只會給我利是，不會有小俞的份；神獸界就不同，我帶着小俞，就有雙重收入，何樂而不為。

狸力是富豪，自然是重點的「利是目標人物」，他約我們去看他贊助的粵劇，我也樂意奉陪。哪知道，他中午時分帶我們到劇院，所有演員老倌都未到場，偌大的戲台，就只有我們四個。

狸力說三專員的組合，需要一個智將一個武將，他當年就是擔任武將的位置，負責保護團隊的安全。我們的新組合，這個責任明顯就落在 Joe 的身上，所以，狸力要試試 Joe 的實力。

　　本來，我們覺得無必要比試。一來，也不見得有武力的需要；二來，我小時候見過 Joe 和流氓打架，他也的確戰無不勝。

　　不過，我們商量之後，Joe 說和人類打架，力量差距太大，無法測試自己的實力，故此，亦希望找高手比試一下。而且，狸力選了這個劇院舞台，既無閒雜人等，亦有完善的隔音設備，是一個難得的機會。

　　正式開打之前，Joe 也試探了幾招，發覺狸力的戰鬥力深不見底。狸力說一百年前，曾經和 Joe 的老爸打過一架，那時，老鑿齒略輸一籌；現在的 Joe 距離更遠，所以，狸力誇下海口，認為 Joe 沒能力讓他後退一步。

　　於是，就發展到剛才那一幕，Joe 那種狂風暴雨式的進攻毫無效果，小俞見他攻勢後勁不繼，輕說一聲「食人族要糟了」，便從我懷中跳出去，變大成為金毛尋回犬，去助 Joe 一臂之力。

　　結果，他倆合力，終於把狸力迫退了一步，算是勝了這場比試。

「你掉了一隻獠牙，所以你的力量只有原來的一半。」狸力說。

我笑着說：「一半已經夠用了，在人類世界，Joe 根本就罕逢敵手。」

狸力露出一個不屑的表情，說：「在神獸的世界，他連保護自己的能力也沒有，遑論要兼顧手無縛雞之力的你了！」

「這四個多月以來，我們見過不下五十位神獸，大家都客客氣氣的，沒甚麼威脅呀！我想，會不會是因為時代進步了，大家安居樂業，沒有甚麼暴力鬥爭。」坦白說，連朱厭也回到山海集團，接受贊助，去參加亞洲象棋挑戰賽。我覺得神獸之中，個個都可以是好人。

「你太天真了。」狸力搖了搖頭，語重心長的說：「你還未見過九個頭的相柳，他是窮奇的爪牙，一直想協助窮奇重生，遇到他的話，你們捱不過三十秒。你也沒見過修蛇、蠱雕（粵音：龍疾）、檮杌（粵音：圖屹）那些吃人兇獸，即使是老鑿齒，見到他們也要避開。小朋友初出江湖，未知險惡，千萬不要小覷神獸的威脅。」

我腦內有白澤的資料，知道他所言不虛。

狸力繼續說：「這樣吧，Joe 留在我這兒，閉關修煉三、五年，練好武功才去執行任務。」

Joe 有點不好意思地說：「實不相瞞，我是 part-time

狸力

71

神獸，正職其實是博士生，很忙，不能長期受訓。」

我也說：「對呀，我們都有自己要忙的事，我今年要考DSE，也正打算全力準備考試……」

狸力大奇，道：「神獸的事，影響人類的整個社會，如果窮奇復活，將會是一場浩劫，但你們居然當是業餘嗜好？」

我說：「現代人嘛！你不也在做玉器生意嗎？你懂的。」

狸力煞有介事地說：「我做玉石生意，是方便去尋覓『茈魚』（粵音：柴魚）化石，用來永久封印窮奇的魂魄。這些玉石上的雕刻，蘊藏了大量神獸界的秘密，當中有連白澤都不了解的古代語言。」

我嘗試解釋我的看法，認真地說：「暫時來說，我們也未收到甚麼危險任務，會不會各大神獸都適應了人類的世界？你看，畢方成了廚神，不再是縱火狂；朱厭做了棋聖，也不再搞戰爭。」

狸力的表情有點意外，似乎他不在「山海同鄉會」群組裏面，不清楚我的成績，但他仍然說：「無論如何，相柳都不會改邪歸正，這一戰在所難免。」

我說：「要對付大魔頭，就當然要靠你吶。」

狸力搖頭，說：「我不會和老白他們合作的了。」

我說：「是朱厭當年的離間計嗎？你別上他的當！」

「你們真的以為我們是為了排名而拆夥的嗎？朱厭那小

滑頭，根本甚麼都不知道。」

「還有別的秘密？」我們三個都聽得出，有些八卦的味道，當然想聽下去。

不過，狸力拒絕在這個話題糾纏下去，我們就唯有自己推敲。

「我們看過這麼多武俠小說，說到這些情節，通常會怎樣安排？」我問 Joe。

「正路的橋段，是爭排名。但這個不好看，所以，更多的是三角戀，像天山雙鷹和袁士霄，譚公、譚婆和趙錢孫。❶」Joe 答。我們就這樣討論起來，當狸力不在現場一樣。

「食人族看很多金庸小說。」小俞說（自從他知道 Joe 的祖先吃猭貐之後，他總愛叫 Joe 作食人族）。Joe 雖然聽不懂小俞的話，但也明白這些吠聲有同意的意思。

我說：「還有老頑童、瑛姑、一燈大師這一組，都是同一套路。」

「我懷疑，上兩代人有很多同類型的事，所以這樣寫。」

「複雜一些的，就是讓愛，認為對方一起，會比較幸福。」

---

❶ 天山雙鷹和袁士霄是金庸武俠小說《書劍恩仇錄》的人物，譚公、譚婆和趙錢孫則來自《天龍八部》，和《神鵰俠侶》的老頑童、一燈、瑛姑一樣，都是典型的兩男一女的三角關係。羅記和 Joe 一唱一和，就試探出狸力有類似的經歷。

小俞說：「在感情關係中自作聰明那種。」

　　我說：「正是，大家說《小李飛刀》盪氣迴腸，其實就是李尋歡把愛人林詩音，讓給自己的兄弟龍嘯雲的情節。看似很偉大，犧牲自己成全別人，結果令三個人都不幸福。」

　　狸力實在忍不住了，大聲叫道：「你們胡扯甚麼！我不跟你們談這些，去去去，人家大老倌即將來排練了，我們別阻礙劇團的事。」他一邊說，一邊往大門口走去。

　　差不多走到門口時，狸力又回過身來，說：「你們剛才瞎說的東西，都是小說故事，跟現實世界毫無關係，別亂跟人家胡說！知道嗎？」

　　狸力開門出去，又退了回來，道：「說得太多八卦，人家會笑你們沒文化的，切記！」

　　狸力走了之後，Joe 悄悄跟我說：「我想，不用特訓了，對嗎？」

第八章 合窯

灣仔·龍門大酒樓·3夕簺蓺

「你們馬上要去捕捉相柳！」九尾爺爺說。

我們登時嚇了一跳！不是說如果遇到相柳，Joe 支持不到三十秒嗎？我們怎可能去捕捉他？其實，我們一心來請假，我打算專心準備 DSE，Joe 的博士論文也正在如火如荼的階段。

來的時候，我說：「不如跟爺爺說，我們多做一項任務，然後放三個月假。」

Joe 當時答我：「別說是最後一次，這是忌諱。通常，最後一次任務都會栽筋斗。」

我大笑：「殺手三大法則嗎？我們又不是殺手。」

「食人族永遠都分不清楚甚麼是小說，甚麼是現實。」小俞也取笑 Joe。

邪門！

我們來到九尾爺爺的辦公室，見到九尾爺爺、白澤、畢方都在，另外還有一位穿黃色毛衣，戴黃色眼鏡，連頭髮也染了黃色的婆婆（不，她當然也是神獸，所以黃色頭髮也可能是天生的）。

我見有客人在，不好意思一開口就請假，還在腦中搜尋這個黃衣婆婆的資料，哪知道，九尾爺爺會忽然間宣布，要去追捕相柳！？這，分明就是「不可能任務」嘛！

　　九尾爺爺大笑，說：「當然不是『不可能』的，我更不會叫你們去冒險。」九尾的讀心術，的確不簡單，我懷疑我不用開口，他也知道我想請假。

　　「如果是往日的相柳，即使狸力和 Joe 聯手，我們也不敢去招惹。」九尾爺爺慢慢解釋：「不過，相柳有九個頭，近幾十年來，分成了九個分身，各自修行，力量分散了，就容易對付得多。」

　　白澤接道：「我們今次要對付的，是第七個頭，享樂。力量不強，但擅長蠱惑人心，只要用對方法，不難打敗他。」

　　九尾爺爺指了指黃衣婆婆，說：「這位是合窳（粵音：合如），八十年代，灣仔街坊叫她作『黃婆婆』。怎麼樣？你腦中找到她的資料了麼？」

　　我剛剛在腦內搜尋到她的來歷，黃身赤尾的人面豬，多子，八十年代在灣仔龍門酒樓一帶頗為活躍，大家都認得她永遠身穿黃色衣服，傳言她是希望找回失散了的子女，九十年代之後就不見了她的蹤跡，後來，龍門酒樓也結業了。

　　九尾爺爺知道我的資料不多，便幫我補充資料：「合窳的毛髮天生是黃色的，不過，豬本身有色盲症，她擔心被人發現她的顏色太特別，所以所有衣物都採用同一顏色。她也

真的是要找尋她的子孫，不過，他們未能變成人形，一般人分辨不來。」

合窳說：「這位小哥一定是羅記了，聽說大家都喜歡你，今日終於見到面了。我要多謝九尾爺爺和白澤老師，收留了我的子孫，如果他們不幫忙，我就一定家不成家。」合窳的外貌並不出眾，但她的聲音就真的非常悅耳，有一種資深電台廣播員的味道。

白澤說：「我們開了一個牧場，專門收養合窳的子孫，她在元朗一家團聚，所以沒有再在灣仔出現。」

九尾爺爺續說：「合窳的子孫通常都未變人形，外型和一般山豬非常相似，我們花了不少心血，才幫她把大部分子孫找了回來。」

白澤嘆了口氣，說：「好景不常，合窳最疼的孫兒出了事。」他說到這兒，我腦海就出現了畫面，看見合窳在重慶大廈，在畢方的小餐廳，找到一個微胖的少年男生，他們相認之後，喜極而泣！然後，他們就在農場中出現，初時似乎樂也融融，但日子久了，男生開始不高興，他覺得農場生活苦悶，又不肯認其他豬為兄弟，最後，離開了農場。

「你認得他嗎？」我腦海中聽到白澤的聲音，的而且確，這個少年的樣子有點眼熟……對了，在畢方的回憶中見過，應該是他的徒弟吧！

「小滿本來是很乖的，也只有他成功地變成人形。」合

窈幽幽地說：「但他二百年前修成人身之後，就不想承認自己有豬的血統，所以離開了，去找尋自己的生活。今次重逢，他本來也是開開心心的，可惜在農場住得久了，又不滿意起來，不知聽了誰的唆擺，又離家出走了。」

畢方連忙分辯：「去年，小滿回來找我，我已經勸他回家，沒有再收留他了。」

白澤說：「小方，放心，我們相信你，只是擔心小滿中了相柳的計。上星期那場火，相信是小滿放的。」

我馬上想起，上星期中間道的一個重建地盤，發生了一場離奇大火。去年 8 月，同一個地方也發生過火災，當時，九尾爺爺就懷疑畢方，派了我和白澤去查。那亦是我的第一個任務！

九尾爺爺說：「我當時覺得那個手法頗似小方，沒想到他收了徒弟。」

畢方說：「我的確教了小滿控火之術，但他的火氣不夠猛烈，而且，他不會飛，也不能做到這個效果。」

白澤說：「如果相柳的第七個頭『享樂』出手，一方面放縱小滿的情緒，令他亢奮；一方面帶他從高處滑翔，便可以做到七成相似。」

我忍不住問：「相柳為甚麼要幫小滿？」

九尾爺爺憂心地說：「有兩個可能，首先，他可能覬覦小滿的靈能，小滿身懷幾百年的修為，那是懷璧其罪。另外，

亦可能想用小滿的軀殼，用來做轉生的容器，方便窮奇重生之用。」

合窳大驚，有點顫抖地說：「那是奪舍？豈不是凶多吉少？」

我問：「有沒有可能，相柳只是一個貪玩的損友，帶小滿去放縱玩樂？」

九尾爺爺說：「哪有這麼簡單？」

白澤想了想，我見到他有點欲言又止。

「要打，打得過嗎？說不定，小滿還會幫他。」Joe 這個時候，想到實際的行動需要，真的打起來，相信他是唯一主力。

我一直也在想這個，便問道：「我們不是一定要打拳頭交吧？有現代武器嗎？」

九尾爺爺煞有介事地說：「我們不用槍械的。在香港，用黑市槍是犯法的，萬一驚動人類，神獸的秘密便保不住了。而且，你們未經訓練，也用不來。」

合窳連忙附和，說：「是呀，用槍的話，打傷誰也不是好事。」她當然是擔心誤傷了孫兒。

我問：「我們有沒有甚麼神秘武器？例如那種看起來是一支筆，按一按會發出閃光，刪去對方記憶那種？」Joe 補充說：「Men In Black 那種。」

白澤說：「那是電影中的東西，現實中沒有。我們有一件針對性的武器，可以派上用場。」他說完，就取出一個背包，然後又從背包中拉出一根一尺長的短棒，和一個金屬鞋盒。

「我們這根 Proton stick，可以捕捉相柳，然後把他困在這個 Proton trap 裏面。」

「Ghost-buster？」Joe 大叫。

「這是另一套電影中的東西好不好？」我說：「但會不會和電影橋段一樣，是未經測試的初版？」

九尾很自信的放出一個小紙人分身，白澤在能量棒上射出一支光束，真的牽扯住小紙人，然後把小紙人拉到捕靈匣之上，小紙人就被匣子吸了進去。

「和 Ghost-buster 一樣！」Joe 有點興奮。

「相柳的武功，肯定比小紙人高，這個方法可行嗎？」我反而有點擔心，真的覺得不靠譜。

「武功高低，和這個沒有關係。」白澤解釋道：「小紙人是九尾爺爺的分身，分子結構不穩定，只靠意志靈力來維持，這種靈力受電磁波影響，Proton stick 能量夠集中，就可以牽制他。Proton trap 匣子則是用相反的頻率，抵消他的靈力，令他不能離開匣子的範圍。」

Joe 好像聽得頭頭是道，我就完全聽不進去。

白澤繼續說：「幾十年前，相柳分開九個分身，分子結構當然不穩定，需要用很多能量來保持肉身形態。他們九個之中，第七、第九個頭不太熱衷修行，容易被我們的電磁波剋制。既然今次的對手是第七個頭，我們就可以用這個設計。」

九尾爺爺補充：「第七個頭擅長滑翔，速度也快，這方面，小俞可以牽制他。另外，他可能在控制小滿的情緒，增強小滿的破壞慾，用 Proton stick 的電磁波可以破解，令小滿恢復常性。不過，我擔心在電磁波鎖定他之前，小滿會破壞太多，所以要靠畢方去控制小滿的火力，再由 Joe 出手去制伏他。」

Joe 有點失望：「這樣嗎？我不可以扮 Ghost buster！」

九尾爺爺為我們打氣，說：「加油，我們今次計劃周詳，萬無一失。」

頓了一頓，九尾爺爺又說：「你們也忙了幾個月，這樣吧，做完這個任務，就放個大假，專心考試吧！」

小俞馬上大聲吠道：「不要這樣說！絕對不要說『做完最後這個任務』！」

第九章 相柳

尖沙咀・鐘樓・3夕觀音誕

九尾爺爺派出百多個小紙人，找了幾天，結果在尖沙咀鐘樓發現了小滿的蹤跡。

一聽見地點在鐘樓，畢方就有點焦急了，他說：「當年在澳門，失手放了一把火，燒了當地的教堂，我盡力補救，終於保住了教堂正面的前壁，演變成為大三巴牌坊。那時，小滿成了人身不久，也在場，我不好意思說是意外，就吹噓為控火術的境界，沒想到，小滿就用這個為標準，也想做一件差不多的事，再證明自己的能力。他說過想找幾個合適的地標，尖沙咀鐘樓就是其中之一。」

合窳用一把超級溫柔的聲線說：「小滿選鐘樓，一定是因為那兒不住人，不會導致傷亡。他的本質始終都是善良溫柔的。」

我心忖，這真是慈愛祖母的一廂情願。不料，Joe 卻說：「是的，他早前選的，也是沒人住的。」

畢方說：「小滿一向都是很有分寸的，不過，人長大了，想出去闖一闖，也是人之常情。我們把他困在農場，的確是忽略了他的感受。」

合窳憂心地說：「這個我也明白，但他今次出去，交了

壞朋友，後果不堪設想。」

　　我本來想安慰她幾句，但想到小滿想燒尖沙咀鐘樓，這是哪門子的「有分寸」？我對小滿沒甚麼好感。

●───────●

　　我們來到鐘樓的時候，時間尚早，小滿還未開始行動。畢方展開雙翼，飛到高處觀察，我和 Joe、小俞、白澤則留在暗處埋伏。合窯呢？我們擔心她控制不了情緒，讓她先在麥當勞休息。

　　夜越來越深，街上行人開始稀疏，畢方在我們的行動群組發了一條訊息，叫我們留意路上一對情侶。

　　我探頭一看，果然看到小滿和一個高挑美女並肩而來。那個美女比小滿略高，一頭秀髮披在肩上，迎着晚風輕輕飄揚，那種出塵的氣質，和小滿全不般配，雖然不至於「一朵鮮花插在牛糞上」的程度，但亦頗有違和感。

　　我望了 Joe 一眼，他的眼神也有點詫異，我相信他有同感。小俞輕吠了一聲「外貌協會」，責備我們不專心任務。Joe 悄聲問：「爺爺有提過，相柳是女的嗎？」對，我們一直沒討論過這一點，直覺以為相柳是男的。

　　本來，我們有默契，要等小滿開始行動時，才出手阻止。沒想到，合窯一收到訊息，就馬上跑了出來，走到小滿面前，道：「滿，你知道這是九頭蛇化身嗎？你和她走在一起，早晚給她吃掉你！快跟我回元朗！」

小滿忽然見到合窳，有點心虛，不知所措，長髮美女卻回答說：「合窳姨，我們九個已經分了家，我現在專心做人，不做蛇了。你看，我不是做得很好麼，我不會害小滿的，你放心。」

既然合窳已經現身，我們也沒必要躲藏，便都走了過去。畢方來得也快，即時就降落到我們中間，嚴肅地問道：「你坦白告訴我，是不是要燒鐘樓？」

小滿認真地回答：「我反覆練習過，一定可以只燒鐘樓背面，就像你燒大三巴一樣！」

畢方有點不好意思地說：「唉呀，大三巴那次，其實只是一場意外，我後來提起，只是吹牛，你別當真！」

小滿無法接受，說：「怎會呢？那是控火術的最高境界！」

畢方正經地說：「不，控火術的最高境界，是煮食的火候。」

「小滿以這個為奮鬥目標，一直都很努力的，你竟然說這是假的？」相柳的語氣充滿不忿。

我覺得他們要燒鐘樓，無論如何都是錯的，便道：「說甚麼奮鬥目標？這個鐘樓是香港文化象徵，怎能讓你用來冒險？」

白澤也說：「既然你們也承認不軌意圖，我們現在以神

獸專員的名義，正式拘捕你們，跟我們回去山海總部再說。」

相柳打量了我們一下，嗤之以鼻的說：「憑你們幾件『蛋散』，想拘捕我們？沒那麼容易吧？」

我正想說話，手中一輕，本來握住的「狴尬角」就給相柳搶去了。我看我們之間的距離，少說也有四、五米，她怎麼搶的，在場沒人看得見。

小俞不忿氣，飛撲出去想把「狴尬角」搶回來。小俞速度雖快，但終究有跡可尋，當他躥到相柳那邊時，相柳已經不見了，原來她又已經來到 Joe 身旁，把「狴尬角」塞到他手上。

Joe 反應也快，一手就捉住相柳的手腕。

豈料相柳的手軟若無骨，根本無法捉緊，她一縮，又退回原來站着的位置。咦，細看之下，她本來拎着「狴尬角」的手，卻換了一枚口紅，幹甚麼？

相柳遙遙指着我們，說：「你們是怎樣想的？白澤沒有戰力，老書生百無一用；大塊頭只有蠻力；猰貐未長大，速度遠不如我；還有一個未覺醒的小朋友，你們有可能拘捕我嗎？這樣吧，你們不要妄想拆散我和小滿，我亦不難為你們。」

拆散？他倆在談戀愛？

Joe 指了指我的額頭，我看見 Joe 和白澤眉頭有一個紅色交叉，敢情我也有，是相柳剛才用口紅畫的。如果她當時

刺我們一人一刀，恐怕我們都無從招架。

畢方忍不住說：「如果我出手，又另一回事了吧。」

相柳嘆了口氣，說：「你是小滿師父，我不會向你出手。不過，你在這兒，用火會傷及無辜，你又可以做甚麼？」

合窳央求說：「相柳大姐，我求你大發慈悲，放過我的孫兒吧！我的靈力與肉身，你隨便取去，我絕無怨言。」

相柳大奇：「我好端端的，要你的靈力肉身作甚麼？」

小滿深呼吸一下，鼓足勇氣，冷靜地說：「我和小七是認真交往的，嫲嫲，你就由得我們吧！」

相柳看着小滿，眼中有幾分嘉許，又有幾分深情。要在這麼多人面前坦然承認自己的戀情，不容易嘛！我對這個小胖子，忽然多了點好感。這時候，小俞剛剛回到我懷中，沒有吠出聲，但他抱着我手臂的前肢緊了一緊，似乎他也覺得感動。

時間就這樣凝住了，小滿相柳沒有再說甚麼，看他倆的對望，就是那種不用言語不用動作，也可以溝通的境界，我覺得就這樣看着他們，其實是在欣賞他們的幸福，很享受。

合窳還在嘀咕：「怎麼會喜歡蛇？冷冰冰的皮膚，又有蛇腥味……」

相柳聽了人家不斷的批評自己，卻完全不為所動……對了，她好像完全沒有動作，是正常的嗎？

我望一望白澤，原來他已經悄悄地開動了 Proton stick，鎖定了相柳的身體。

相柳也發現了，努力地抗衡之中，那串光束色澤並不明顯，但似乎真的有用，而且慢慢把相柳扯過來。

小滿也發現了相柳的情況，伸手想去拉斷那組光束，當然就不成功了。他看到光束自白澤手中放出，便立刻衝過來，想打掉這柄 Proton stick。看他的勢頭，也真像一頭兇猛的野豬。

Joe 早有默契，馬上就把小滿截住，兩人就這樣打了起來。小滿心急，衝擊了幾次，看來也是一個力量型的格鬥者。論氣力，Joe 當然不會吃虧，但小滿的衝刺力並不簡單，雖然是直來直往的簡單招式，Joe 硬接了幾招，也覺得有點吃力。

「小滿，別打⋯⋯回來！」相柳要對抗光束的禁制，顯得虛弱，但仍然關心小滿的事。天，我們這樣做，是對的嗎？

Joe 很快便熟習了小滿的招式節奏，當小滿再進攻時，Joe 施展了摔跤手法，把他摔了一個遍體鱗傷。小滿還想爬起來再打，Joe 卻先一步撲前，把他按在地上。相柳心疼他皮開肉綻，大叫他「停手」，兩人又哪裏肯聽？

卻見合窳大步上前，把他倆掰開，一手一個按下來，他倆分別掙扎，但完全不動分毫。Joe 和小滿都是力量型神獸，等閒十個八個大漢都按他不下，但合窳可以調節自己的重量，

當她運起異能的時候，她以噸計的體重，就不是 Joe 和小滿扛得起的了。

白澤見對方已被制伏，便繼續說：「小滿，冷靜一點，相柳現正被困，她不能再用異能，已經不會控制你的思想情緒，你清醒地想一想，就知道自己在做甚麼事。」

「我一直都很清醒！我想做的事，未認識小七之前，已經如此！」小滿說。

相柳也說：「我當然沒用異能對付小滿，我只是成就他的夢想，你可以說我縱容，但絕對不是控制！」

我說：「但他的夢想是燒鐘樓，這個不可接受！」

相柳說：「你們人類不是常常把夢想掛在口邊嗎？我們怎知道甚麼可以接受，甚麼不可以？好吧，如果這個不能燒，大家可以商量。文明人，怎麼隨便就要拉要鎖的！」

白澤把 Proton trap 遞了給我，叫我放到相柳腳邊。我看着手上的匣子，忍不住問：「這個匣子可以抵消小七的靈力，她會怎樣？」（我不知道為甚麼會叫她作小七。）

白澤說：「她會變回一條蛇。」

我真的要這樣做嗎？小俞抱着我的手非常緊，他不贊成。我也猶豫！

但，我其實不用自己決定的，我大聲叫：「你還不出來，為大家出個主意？」

一聲嬌笑，樊教授走了過來，道：「大呼小叫的，小心驚動了人類啊！」

樊教授雍容的漫步而至，一面輕輕的撫着領上的長毛，一面跟我說：「小滑頭，明明就心中有主意，為甚麼要我來開口？你沒勇氣說出來嗎？你的『猼訑角』失靈了？」

我陪笑說：「我人微言輕，他們未必聽我的。而且，你是心理專家，你可以告訴我們，他倆是否信得過。」

黑夜中，樊教授那雙朏朏的眼特別靈動，她說：「你看小七和小滿的樣子，還要心理專家來驗證麼？人家真情剖白，清楚得很。」

我問：「小七不是控制小滿，去做壞事麼？」

樊教授說：「小七只可以放大小滿的想法，情況和你的『猼訑角』一樣，如果他本身沒有那個夢想，小七也沒有辦法。」

白澤輕聲的說：「相柳是窮奇的人，我們不能大意。」

樊教授一跺腳，吒道：「你還說這個幹嘛？人家天作之合，你就忍心拆散嗎？」

合窳說：「但那是蛇，小滿和一條蛇一起，哪會有幸福？」

樊教授說：「小滿長大了，他的幸福，不是我們可以為他作決定的。」她一面說，一面把 Proton stick 搶了下來，解除小七的禁制。然後又說：「我先拿個主意，小七來當我

的秘書，我教她做人。他倆就繼續拍拖。羅記，你說如何？」

我接口：「小滿就繼續跟畢方叔學廚，但每星期要回元朗探嫲嫲。」

樊教授說：「事情明明就很簡單，沒必要弄得那麼複雜。」

白澤還想說些甚麼，樊教授就已經截住他，說：「你的工作最輕鬆了，回去跟九尾交代清楚，對了，現在你們還要填 report 嗎？」

事情完滿結束，大功告成，打道回府。

小俞問我：「只有朏朏來了嗎？狸力呢？」

我答：「他也在，我一直都感應到他，但朏朏出來主持大局，他就沒有現身的必要了。」

Joe 說：「幸好你找了他們。」

我說：「朏朏、狸力、白澤本來就是『貓豬馬三俠』，如果出大事，他們聯手應該可以解決。所以暗地聯絡了他們，以防對付不了相柳。」

小俞說：「一個小七已經那麼厲害，如果九個相柳一起來，我們怎辦？」

我說：「幸好現在只有八個，我們先放假考 DSE，之後再算。」

第十章 贲龜

灣仔·會議展覽中心·5夕

小滿事件結束後，我專心準備DSE，一切風平浪靜，小滿如約每星期回元朗探嫲嫲，大家都滿意這些安排。

中間出過一件小風波，狸力約了合窳去看粵劇，說是要提高大家的文化水平。不知道他有心抑或無意，他選的劇目是《釵頭鳳》，宋朝文學家陸游的愛情悲劇，話說陸游老媽不喜歡他的愛人唐婉，以死相迫，拆散了一對小情侶，令陸游終生抱憾。到了陸游老去的時候，唐婉已經死了四十年，陸游依然沒法放下這段感情，留下「夢斷香消四十年」的名句。

很自然，合窳認為狸力是指桑罵槐，兩人吵了一架，從此不相往來。

九尾爺爺說：「狸力一向都是這樣的，幫人解決問題，但又惹人討厭，每一次到最後，他都是犧牲自己成全別人。」

對於狸力的行為，九尾爺爺的形容非常中肯。合窳果然沒有再過問小滿與小七的事，但就繼續生狸力的氣。

對於小七的事，九尾爺爺表現得非常正面，他說：「估不到小滿也是美男計的材料，現在，我們少了一個敵人，多了一個間諜，要防範相柳，就多了幾分把握了。」

我 DSE 在即，雖然有白澤的幫忙，但也要積極備戰，所以請了假，幾個星期都沒有見九尾爺爺。明天一早就要正式開考，我今天打算放鬆自己，務求以最佳狀態進入試場。

怎知，九尾爺爺連續來了十幾個訊息，都是最高緊急級別的，甚麼事？又要找藉口出去，唯有向父母假說要去 Joe 家過夜，他住在試場附近，不用擔心明早交通。

我和 Joe、小俞來到山海總部，白澤、狸力、畢方、合窳、小滿、小七都在，而且，大家面色都非常沉重。

「賁龜（粵音：墳龜）出事了！」九尾爺爺說。

我馬上搜尋腦海中的資料，賁是三足龜，曾和猰㺄等四人結伴，行走江湖，自稱「四大天王」。二百年前，他在猰㺄窮奇之戰前段，中了窮奇的詛咒，在太平山上變成了石頭。牠每年會移向海邊一些，當他到達大海之後，詛咒就會解除，回復原狀。白澤說，賁的靈氣最充足，可能因為他長期留在香港，故此輔助香港的繁榮發展。

我問：「賁回復原形了嗎？」

白澤說：「賁二十多年前已經失蹤了，我們本來以為他離開了香港，但最新的消息是，他一直在維多利亞港。」

最新消息？還有狗仔隊嗎？

九尾爺爺說：「小七得到情報，相柳找到賁龜的下落，今晚，他們會發動攻勢，想把他打下來。」

小七說：「大哥不會親自出手，我和九弟從不參與活動，其他六位也不是很齊心，今晚應該只有三哥勇、四姐藝、六哥謹等三個出手，你們應該可以應付。我就不方便露面了。」

合窳馬上說：「孫媳婦今次提供了重要消息，當然不要去吶。我親自出手，我家小滿就陪孫媳婦留守大本營。」

怎麼忽然就變成孫媳婦了？分明是想找個理由，讓小滿不用出戰，不過，既然她自己肯上戰場，也不能怪責她。真正的問題是，小七的情報可靠嗎？如果她出賣我們，很有機會被人家一網打盡……但，九尾爺爺在，如果小七有隱瞞，他應該「聽」得到。

九尾爺爺望着我，點了點頭，他當然「聽」到我的心聲，相信他也研究過這件事的可信程度。

白澤開始解釋今次的戰略：「不知是甚麼原因，賁龜變了一艘渡輪，每天往返尖沙咀和灣仔碼頭，我和羅記試試去說服他，變成人身跟我們回來，免除被襲的危機。如果真的要開戰，先要對付勇三，勇三擅長衝鋒陷陣，是典型的戰神，要派小俞去騷擾他，惹怒他，影響他的判斷，然後狸力出手，一擊把他制服。」

狸力插口道：「單打獨鬥，我也應付得來，不用這麼麻煩。」

九尾爺爺連忙說：「大局為重，我們用最有效的戰略。」

狸力沒有反應，小七接口道：「四姐叫阿藝，比較浪漫，

強項是令人有幻象，不易對付。不過，她每次見到高大帥哥，都會方寸大亂，所以……Joe 把牙磨掉，剃去臉上的鬍子，就可以了，根本不用打。」

白澤繼續說：「至於謹六，是個飛行高手，又擅於控制溫度，冰封對手，最難對付。畢方和他空戰，分散他的注意力，謹六最大缺點是不懂水性，極度畏水，所以，合窳找個機會，把他拉到水底就成了。」

小七連忙說：「六哥怕水，制伏他便好了，不要錯手淹死他。」

「為甚麼選今晚行動？」我問。我當然想知道，會不會影響我明天考 DSE，我一向覺得這些是「很有意義的課餘活動」，沒理由把公開試拿來冒險。

九尾爺爺說：「贔屭是猰貐的靈力倉庫，他本身沒有攻擊力，但身上儲存了猰貐的能量，他們打他主意，自然是想用這能量去喚醒窮奇，若然他們成功的話，窮奇轉世成功，那肯定是一場世紀災難。」

又是窮奇？上次對付小七的時候，大家也是這樣瞎估的，今次……

「今次小七特別來報訊，情報是準確的。」九尾爺爺說。

小七也說：「事態緊急，我也擔心哥哥姐姐們得到能量之後，會先用來攻打我們，拆散我和小滿，所以才來通風報信。希望大家行動時手下留情，別傷人命，尤其不要淹死我

六哥！」

好，又是必須要做的事，但我的 DSE 如何處理？

「而且，今晚任務部署周密，應該很快完事，說不定，午夜之後，大家就可以回來了。」九尾爺爺分明就是說給我聽的。

半夜，我們來到尖沙咀碼頭登船，可能是因為夜深的關係，渡輪上乘客不多，零零落落的，看着水面的霓虹倒影，本來應該是氣氛浪漫的，但我有兩重心事，既要擔心今晚之戰，又要擔心明天的考試，哪懂得欣賞？

白澤把我拉到船尾，在一位穿黃色夏威夷衫的光頭老伯身旁坐了下來，我心中想，這分明是龍珠龜仙人的造型嘛！神獸也是動漫迷？

等了一會，老伯沒有動靜，白澤忍不住開口，用一種頗唏噓而又幾有型的語氣說：「老朋友，很久沒見了。」

老伯反應有點大，說：「甚麼老朋友？我不認識你。我不買寶藥，也不用祈福！」他說完，就頭也不回的走到其他位置去坐。

窘死了！

沉默了一會，一個年齡和我差不多，身材微胖的男生徐徐向我們走過來，在我們身畔坐下，道：「老朋友，不認得

我了吧！」

白澤也有些意外，那男生繼續說：「連你也以為龜一定是老人家形象的嗎？我被封了二百年，儲了這麼多能量，當然不會衰老吶！」

白澤有點不好意思，連忙說：「是我失策，一時沒想清楚這個。老友，你失蹤了這麼久，一直都在維多利亞港？」

贔龜說：「是呀，我每年走一小段，終於去到海邊，遇水則靈，破了窮奇的詛咒，回復自由，就想去找大家。狻猊大哥未轉生，二哥大鵬亦沒有下落，我只找到老四鹿蜀，小四招呼我到他的新居小住，跟我說，香港人開始崇拜他，在山上為他立碑，我一看，果然有一個很大的標誌刻在山上。我當然覺得不忿氣了，你也知道的，每一場戰役，我主守，大鵬主攻，狻猊大哥主持大局，小四膽子最小，永遠都只懂得躲在後面。窮奇那一役，還未開打，他就溜了。人類供奉狻猊大哥，我沒有話說，怎可能輪到小四？我一怒之下，就走了。」

我馬上在腦海搜尋鹿蜀的資料，那是一匹有老虎斑紋的馬，我們有供奉這位神獸嗎？

「哈哈，我當時忘了小四那種喜歡吹牛的性格，被他騙了。你道那標誌是甚麼？我後來才知道，那其實是人類搞出來的玩意，養魚的公園。不知為甚麼用海馬來做招牌，馬身有海浪花紋，的確有點像虎紋的樣子。」贔龜笑着說：「但我那時候，的確氣憤難平，獨個兒去到海邊，看見人類建了

一座龜形建築物，外型和我非常相似，那時覺得，一生中從未受過這樣的重視，捨不得離開，每天便在這兩岸之間來回，為了掩飾身份，便變成了這艘渡輪。」

我想一想，恍然大悟，賁龜說的是會展新翼，坊間也有很多人說那很像一隻龜，難道他就因為這個原因，留下來當一艘船？我忍不住問：「這些年，你一直都在這兒？不悶嗎？」

賁龜說：「你看這個城，用心看，看每天的變化。有盛有衰，悲歡離合，怎會悶？我看了二十多年，還未看夠。」

白澤說：「不夠，也差不多了，現在有危險，相柳要來，窮奇也可能轉生成功，你一個人在外面，太危險了吧！」

賁龜說：「我怕甚麼？」

他話剛說完，船身猛烈一震，大家立刻緊張起來！我問：「他們來了嗎？」

「我們泊岸了！」賁龜沒好氣的回答。

原來船已到了灣仔碼頭，我看看 Joe 和狸力、畢方的表情，也有點緊張，敢情大家都慣了搭港鐵，沒有搭渡輪很久了，不習慣。

當乘客都上岸之後，賁龜又說：「你叫我跟你們走，你有地方放得下我嗎？」他說完之後，整艘渡輪一翻，上下倒轉，原來水中的船底是龜背，船倉是龜腹生出來的幻象，男生是龜的頭部，我們七個眼前一花，身型一晃，不知如何，

就站了在龜背之上，隨着貢龜一起上岸。

　　我看看貢龜的身體，足有兩部雙層巴士的大小，真的不容易安置。不過，我也沒法想得太多，因為岸上已經有三個人在等我們，一個體格異常魁悟的大漢、一個穿黑色真皮外套的紅髮美女、和一個貌似中年梁朝偉的思想型男人，相信就是勇三、藝四、謹六等人。

　　其實我們也沒多說話，勇三甫見到我們，就衝過來開打了；藝四果然馬上就看中了 Joe，兩人四目交投，自動進入幻象世界。

　　謹六人如其名——謹慎，站在一旁觀察。沒多久，勇三因為捉不到小俞，開始憤怒急躁，謹六正想提醒，畢方馬上飛過去噴火攻擊，謹六唯有伸出雙翼，與畢方展開空戰。

　　勇三有一下差少許就抓到小俞，我嚇了一大跳，狸力則覷準機會，一個肘擊把勇三打個正着，勇三登時被撞飛十米遠。

　　這時，白澤跟貢龜說：「人家是來打你主意的，你也想參戰嗎？」

　　貢龜答：「我一向都是積極不干預的。」

　　貢龜口說不干預，但，我看見龜背的五色華彩流動，當中有一頭獅子、一隻鷹、一隻龜在舞動，我不由自主的越看越入神，三隻神獸逐漸變成人形，各持刀劍，在我面前互相對拆招式起來。我看了一會，覺得這些招式，都是我本來就

貢龜

懂的東西。

忽然傳來一聲慘叫，原來真的如我們計劃一樣，謹六和畢方空戰之時，一不小心，被合窳抓住褲管，一下子拉到水中。他還想掙扎，但合窳可以控制重量，他掉到水中，就只有下沉的份。

事情似乎很順利，我就繼續去看龜背上的武功，這時，他們換了拳腳功夫，獅子頭的招式變化莫測，每一招都有無數後着；高瘦的鷹人出招快絕，往往一招攻敵之必救；胖子出招極慢，但毫無破綻……咦，我怎麼看得出有沒有破綻的？難道我真的本來就懂這些功夫？

然後，華彩之中又出現一匹馬，大概就是鹿蜀了，他在三個人的招式中穿梭往返，三人根本就傷不了他，原來他有一套神妙的步法，不用打，已經立於不敗之地！

我也不知道看了多久，忽然聽到 Joe 的嚎啕大哭。Joe 忽然說：「我戀愛了！」

藝四收回眼中的幻彩，嬌笑一聲：「錯，你是失戀了！」

「怎可能？我們才剛剛開始！」

「多情自古空餘恨，好夢由來最易醒！」藝四一面說，一面回身，開始不看 Joe，然後說：「你人生經驗太少，我們在幻境中談了兩天戀愛，就已經索然無味了。你將來真的長大了，再來找我不遲。」

Joe 哭得天愁地慘，這時候，即使他長回兩隻獠牙，相

信也沒有戰鬥力了！

我剛去把 Joe 扶起，小俞就撲到我懷裏。他不是正和狸力對付勇三嗎？原來狸力不屑用白澤的計謀，叫勇三和他公平決鬥，你打我一拳，我打你一拳，看誰捱得到最後。

我本來覺得狸力是十拿九穩的，就沒想到，勇三被憤怒麻痺了痛楚，真的把狸力打到站不起來。

勇三打倒狸力之後，就馬上衝過來，大概他認為狸力倒下之後，場中就只剩下 Joe 一個大塊頭是他的對手。但我知道這時的 Joe，絕對無法應戰，我剛剛學到的招式，管用嗎？我不知道，但兵臨城下，也只好試試。

我捏着「猰貐角」，兩步躍到勇三面前，勇三也不打話，一拳就朝我臉上轟來，那道拳風，老遠襲來也刮面生痛。我一扭腰，用鹿蜀的步法閃到勇三的背後，反手拉着他一把頭髮。這時，他正向前衝，恰好用他前衝的力度，扯掉他的頭髮。

我看看手上，原來扯落了他一塊頭皮，他痛得哇哇大叫，回頭要來抓我。我用鷹的拳式，快速打在他膝上的穴道，先讓他失去平衡；然後用獅子的招式，以背肌托住他胸腹之間的位置，借他的衝力把他掀起來，令他整個人拋起，摔到我的身後。

這一摔，其實是用他的衝力打到他身上，他應該傷得不輕。

白澤說：「鹿蜀的步法、大鵬和狻猊的招式，你都教他了！這種積極不干預，好有效！」

賁龜說：「還有更屬害的！」

這時，藝四拿出皮鞭來打，我用胖子的無破綻掌法，一一把她的招式擋下，滴水不漏！我發覺我的掌上有一層能量，像一個無形的小盾，皮鞭沒法傷到我的手掌。這能量是怎樣來的？

賁龜說：「這套掌法附送我的靈力，不干預也干預了，這小子也沒有辜負我的苦心！」

我以一敵二，戰況非常意外，但戰情又再逆轉。只聽嘩啦一聲水聲，海面浮起一塊冰山，冰山的形狀有點像合窳的胖大身形，隱隱看見合窳的黃色身影，就冰封在冰山之內。

謹六站在冰山之上，充滿自豪地大笑說：「冰可以浮於水面，又怎能淹死我呢？多年來，我假扮不懂水性，就是用來算計你們這些狐狸子孫的！」

白澤說：「我失算了，但你們也有損折，再鬥下去，你未必討得便宜，不如就此收手吧！」

謹六說：「你們現在投降，我便放過那頭豬，我們再僵持下去，她就沒命了。」

賁龜說：「即使我們投降，你也沒法帶走我，這又何苦？」

謹六冷笑着說：「我沒打算帶走你，我只想要你身上的

苨魚。」

賁龜說：「不瞞你，我的確有一枚苨魚身，但苨魚總共有十個身體，你只取一枚，又有何用？」

謹六說：「你不用管，你把苨魚身給我，我馬上放過她，別說我沒警告你，她時間無多了。」

我看見畢方用盡方法幫冰山解凍，但他這邊加熱，謹六那邊降溫，始終救不了合窳。

賁龜從口裏吐出一條魚乾出來，說：「給你吧，你馬上放人！」

藝四拾起魚乾，便扶勇三走了。謹六也馬上揮一揮手，解除冰山的咒術，畢方便飛去撈起渾身發抖的合窳。

這一戰，我們傷了三人，任務失敗，總算沒傷人命⋯⋯

天光了！

怎麼辦？我還要回家取準考證，要趕去試場，來得及嗎？

我們任務失敗，還要賠上我的考試麼？

小俞說了一聲「放心」，一轉身，變成一輛跑車，再說：「先回家，安頓好 Joe，再去試場，還有時間的！」

第十一章 玃如

倫敦 · Piccadilly Square · 6夕端午節

關關難過關關過,我終於考完 DSE;狸力傷勢差不多好了;合窳冷病是稍為嚴重的,未癒;Joe 最慘,恍似真的失戀了,有齊各種憂鬱病徵,樊教授也沒有辦法幫他,可能真的要等時間沖淡一切。

我專心考試的期間,九尾爺爺當然很重視茈魚的事,相柳為甚麼要得到茈魚?關於這一點,小七也不清楚,這不能怪她,她本來就是「不留心聽書」的小朋友,從來不參與相柳的活動和討論。

至於貢龜,他只知道鹿蜀有兩枚,把其中一枚交給他保管,一直沒有交代這件事的來龍去脈。我在白澤的資料中搜尋,只知道茈魚是一個頭連着十個身的怪魚,傳說中,人吃了茈魚,就不會放屁。莫非相柳有放屁病,需要吃這個來治病?又真的沒有可能吧。

九尾爺爺繼續查,知道茈魚的身體離開頭部之後,馬上會變成石頭,當十個身體聚在一起,又會回復生命。除了鹿蜀有兩枚之外,爺爺的私人博物館有一枚,英國的玃如(粵音:霍如)和法國的修蛇都有。爺爺說:「我們雖然不知道有甚麼用,但既然相柳要來搶,必有陰謀,所以,我們一方面查茈魚的祕密,另一方面把握時間,去英國法國把那兩枚

帶回來，好好保護。」

於是，我就獲頒「山海集團最高榮譽學術交流獎學金」，老媽親身來到頒獎典禮，眼見白澤負責頒獎致詞，儀式有板有眼，高興起來，完全不發覺，這個頒獎破綻百出。

有了這個名目，我就準備去倫敦和巴黎了，應該帶 Joe 去嗎？樊教授說，Joe 去一次旅行，轉換環境，也是好的。

下一個難關來了：怎樣帶小俞去？九尾爺爺說他有辦法，叫我把小俞留在他那邊三天，接受一個訓練。爺爺會怎樣訓練他？教他隱形？我現在去接他，應該馬上就知道了。

● 🐟 ●

我來到爺爺的辦公室，白澤露出一個耐人尋味的笑容，畢方則笑着說：「我們等了很久吶！」

爺爺揚聲道：「小俞，還不出來見面？」

我有點不相信自己的眼睛，一個少女走了出來，居然是「林明禎」！爺爺滿意的說：「怎麼樣，變成這個樣子，就可以上飛機了吧！」

我還未懂得說話……當然，林明禎是女神級的偶像，但，這是小俞？我好亂，完全不懂反應！

畢方說：「這級數的美人，陪你去歐遊，是否人間最大福利？帶着她上飛機，多有體面！」

我還是不懂說話。

待了一會，小俞忍不住吠了一聲，我聽得懂她是叫我給一些回應。說也奇怪，她一開口，人就矮了，然後，前額突出，本來的高鼻樑塌了下去，嘴唇變厚，眼睛變小……我不是說她變醜了，只是變得相貌平凡。

爺爺說：「小俞始終年紀小，變成人形的時候，不太標緻，我們這兩天微調後，就成為了大美人。只不過，她要十二分專心，才可以保持形相，開口說話就洩了真氣，變回微調前的樣貌。」

我說：「這個樣子很好啊！貼地一點……」

小俞一踩腳，變回小狗形態，說：「我為了變好一點給你看，花了多少心血，你居然不領情！」

九尾爺爺說：「總而言之，小俞在美女形態時，不可以說話，謹記！」

小俞變回小狗，習慣性的跳回到我懷中；我又習慣性的摸了摸她的背脊。咦，我一直以為小俞是男的，但既然她是女的，我還可以這樣摸嗎？我腦內又浮現出「林明禎」的樣貌，不由自主地把手縮了回來！

畢方沒發現我的異樣，只跟我說：「你今次去歐洲，順便幫我找一個人。」

來到倫敦，要找獲如，先要去爵祿街旺記。大家不要覺得奇怪，英國怎麼會有中文街名？那其實是 Gerrard

Street，不過因為是唐人街，所以連路牌都有中文字。

我們剛到埗，小俞就變回小狗形態，嚷着要吃英國甜點；Joe 則繼續沒精打采，對任何事物都沒有興趣。我忽然間要做領隊，自己決定行程，感覺上，我是大人，Joe 反而像個孩子。

幸好，我腦內有由白澤植入的記憶，按圖索驥，連 google map 也不用開，就很容易找到 Piccadilly Square 的愛神噴水池。然後就去到唐人街的傳奇飯店——旺記大酒家。根據白澤的指示，來到旺記，會不停被人「upstairs」，因為這兒是三層高的飯店，伙計經常會叫客人到樓上，免得樓下濟滿人。

在記憶畫面中，這些伙計會呼喝客人，但我來到之後，伙計的招呼卻出奇的好，而且紛紛走過來，找我合照 selfie。這是甚麼回事？連本來失魂落魄的 Joe，也因為這些意外的熱情而感到好奇！小俞就更加興奮，在我的肩膊上團團轉！

「你是 Mr. Law，對嗎？」

「Mr. Law，你真人比照片更帥！」

「霍老大有說過你的事，你會來倫敦住嗎？」

老實說，我總以為，只有 Joe 那種高大帥哥會這麼受歡迎，從未想過自己會有這樣的待遇，的確是受寵若驚。很快便來到三樓，窗邊位置坐着一個滿頭白髮的紅臉男人，正在

雕刻一些木刻龍舟模型，我知道他就是玃如了。

　　資料之中，玃如是一頭四角鹿，人手馬足，有一條白色尾巴。我完全可以想像，他把白尾變成頭髮，遮蓋他的鹿角，馬足藏在靴子裏，把人手露出來，就和普通人一樣。

　　他望着我，露出一個很友善的微笑，說：「羅記，我就知道你會來的，一直在這兒等你。」他說話的時候，兩手完全沒有停下來，用極高的速度雕刻龍船，我由樓梯去過來，大概是二、三十步的距離，他已經雕好一隻龍船了。

　　我問：「你知道我會來？」

　　玃如：「九尾請靈童來做專員，我早就收到消息吶，只是不知道你幾時會來賜福。」

　　我忍不住問：「甚麼靈童？」

　　玃如說：「你還未知自己的身份嗎？你當然是㺎㺐轉生的靈童吶！上一世，你是最接近佛的山海神獸，應了那一劫之後，今世大有可能成佛！故此，才會由你來做專員。」

　　我非常意外：「有這樣的事嗎？」

　　玃如：「九尾不說，大家都心中有數。你知道嗎？已經四十年沒有專員了，你以為九尾在街上胡亂拉一個人來做專員嗎？」

　　小俞很懷疑，對我說：「你是㺎㺐靈童？但又不覺得你有強大靈力，不會是真的吧？」

玃如聽不明白小俞的吠聲，但也明白我的疑惑，便繼續說：「你是否覺得自己沒有甚麼異能？是這樣的，異能需要修練，但靈覺卻是與生俱來的，你看得懂賈龜背上的華彩秘笈，打倒相柳的分身，就知道自己不簡單吶！」

　　我忍不住問：「連這個你都知道？」

　　玃如大笑：「江湖中事，只有誤傳，哪有秘密？」

　　我打趣地問：「你又怎知道這不是誤傳？」

　　玃如說：「你剛才的反應告訴我的。」

　　原來他也是試探我的。

　　我問：「剛才那些伙計，好像認識我似的，他們都是山海神獸的後人嗎？」

　　玃如哈哈大笑，說：「哪有這麼多神獸？他們是人類，只不過，我跟他們說你是活佛轉生，鑿齒是護法金剛。」

　　我有點懷疑，說：「他們就相信了？也太迷信了吧！」

　　「我在唐人街這一帶，有點地位的，他們現在叫我霍老大，他們的曾祖父那一代，也是叫我霍老大，叫了八十年，當然相信我了。」他頓了頓，又說：「我在這兒做各種中國工藝，由月餅到花燈，由木刻到舞獅的獅頭，另外，這條街的風水、算命、中醫、嬰兒改名，都由我一手包辦，大家喜歡這些東西，幾代人都尊重我，是很自然的事。」

　　我細心看，他甚至還把尾巴弄成一條清朝的辮子，穿唐

裝，造型就是中國風。

我問：「你這麼喜歡中國文化，為甚麼不回中國？」

他說：「這裏的中國人，離開了家鄉，更加懂得珍惜中國的傳統。你看，樓下坐滿了留學生，現在排隊買糭，過幾個月，又來排隊買月餅。他們畢業回去之後，就沒有這份熱情了。」

這也是道理，我在家時，也沒有這麼喜歡這些傳統節日。

我又說：「你說我是靈童，但我不懂怎樣賜福，恐怕要大家失望。」

「哈哈，你來了，就可以了。看，這些小龍舟，就算是被賜福過的東西，大家都會喜歡的。」

我們說話的這幾分鐘，玃如雙手一直沒有停過下來，又已經雕好了幾條龍舟模型。看到這些龍舟的形狀，我馬上醒起茈魚的事，便道：「九尾爺爺派我過來，其實是想要取茈魚。」

玃如說：「茈魚嗎？這個容易，讓我找一找……」

玃如嘴裏說容易，卻找了五天。最後，他終於在他的藏寶閣中，把一條寫滿毛筆書法的茈魚化石找出來。

我細心去看，幻想會像賁龜龜背一樣，生出神奇的華彩。但望了許久，也沒有甚麼變化。

我忍不住問玃如：「你覺得我真的是靈童嗎？」

玃如反問：「你希望做靈童嗎？」

我坦白回答：「想的。」

他說：「英國人有句說話，Fake it till you make it，如果直接翻譯，可能是弄假成真，我卻認為是『夢想直至成真』，你認為呢？」

第十二章　鷗

巴黎 · 艾菲爾鐵塔 · 6月夏至

由倫敦去巴黎，是一件頗方便的事，兩個城市本來就很接近。小俞說要去巴黎鐵塔和凱旋門拍照，Joe 說不想做遊客做的事（也許他根本不想做任何事），我夾在中間，被他倆轟得頭昏腦脹。

最後，我說：「鐵塔是一定要去的，在高處，才有機會見到鸓。」

是的，我們不是來巴黎觀光，而是要執行兩件任務。九尾爺爺要我們去取修蛇的茈魚；畢方要我們去探訪鸓。

修蛇藏在地底，不好找。鸓是生有兩個頭四隻腳的鳥，畢方說他喜歡飛來飛去，我們往高處去看，應該比較容易找。所以，我們決定不去凱旋門，只去巴黎鐵塔，算是他們各讓一步。

不過，去到鐵塔，我們才知道 Joe 畏高，死也不肯爬上去，我說把「犰狳角」借他，增強他的勇氣，他又懶得動，也是的，6月的巴黎，的確懊熱得令人提不起勁，我只好和小俞上去。

可惜，我們在鐵塔上逗留了大半天，小俞也開始悶了，我們依然未見到鸓的蹤跡。

然後，我們在不同的地方，找最高的大廈去爬。我本來以為，鸓這種鳥，有雙頭四足的古怪外型，應該很容易找到，但我爬了十多個屋頂，雖然感應到他的氣息，但就是找不到他的蹤影。最後，居然是他主動來招呼我的。

「咄！小子，是朝廷派你來的嗎？」

我這才發現，鸓正倚着天台的石獸，完全靜止，加上一身的褐灰色，驟眼看，幾乎與身邊的環境融為一體。

「你一直在天台睡覺嗎？」我下意識摸一摸口袋裏的小俞，然後才說話。

「你袋裏面的，是神獸嗎？虧你還配着『猰貐角』，沒膽識的小子！」鸓的小頭望着我說，語氣有點不屑。大頭卻沒有理我，半瞇眼睛靠在石獸肩膊。

「沒事呐，我只是來探訪，做個登記，都是例行公事，你懂的。」我故作輕鬆的說，總不能給他看扁了。

「也好，很久沒有人來聊天了，還是九尾那老傢伙在當老大麼？他現在有多少尾？畢方那小子回去了麼？」

我本想回答，但覺得不能被他牽着走，我好歹也是個專員，應該反客為主，於是，我反問他：「你沒有與人類來往嗎？你在巴黎用甚麼人類身份？」

「我們通常都留在屋頂，不用變成人形，人類也沒法知道我們的存在，你放心，我們很清楚你擔心甚麼，我來告訴

你，這些年來，從來沒有人發現過我們的蹤跡。」

我忍不住好奇，便追問一下：「為甚麼老遠來到巴黎曬太陽？」

「大哥喜歡這兒，」小頭的語調還是冷冷的，瞟了大頭一眼，繼續說：「他愛上了這些石獸，簡直離不開這個地方。」

大頭歪着頭，張開眼睛望了望遠方，然後很愜意的說：「你來看看，這裏真的是世外桃源，每一個屋頂，都蹲着幾個美人，每天等待我的寵幸！小朋友，你看看這一個，那一份晨曦的氣息，令我忍不住一擁入懷。」

寵幸？美人？我一時間消化不了這麼龐大的訊息量，只好瞪大眼睛看着他。

大頭只顧沉醉在他的世界，小頭便接口說：「你看到了吧！這兒根本就是他的私人後宮，他每天就只會動腦筋，挑選哪一個石獸來侍寢。」

「而你就一直陪着他？」我的確覺得這件事匪夷所思。

「我有甚麼辦法？我管四條腿，他管一對翼，無論我跑到哪處，他展翅一飛，馬上又回到起點。」聽得出小頭的無奈，不過，小頭又繼續說：「既然兄弟一場，我又沒有別的事情要辦，索性就成全大頭好了。」

「不想念家鄉麼？」

「嘿，有甚麼值得留戀的！」小頭說：「你知道明朝的

126

『梃擊案』麼？」

我答：「知道呀，畢方說那是你們的最後一戰，那一役，你贏了，有甚麼不高興的？」

「那一戰，他放火，我滅火，結果是我贏。」小頭繼續說：「又如何？我們看到皇宮裏的屋頂，全部都是螭吻的雕刻，根本沒有我們的功績。這麼多年來，我們努力為人間消災解難，但凡人竟然毫不知情，把一切功勞歸於龍族，甚至供在屋脊上膜拜！」

我馬上搜索資料，螭吻（又叫螭龍）是龍的第九個兒子，魚身龍頭，相傳能夠滅火，因此常被安放在屋脊兩端，以此避災。但資料之中，沒有任何關於螭吻在人間活動的資訊，簡單來講，他只是血統高貴，但根本沒有做過甚麼事。

「我們心灰意冷之下，便離開了，大哥說我們也可以像螭吻一樣，苟且偷安反而逍遙自在。我們一直飛，也不知流浪了多少年，終於有一天，來到這裏，發現了這兒的屋頂，雕刻了許多石像怪獸，那種石刻的美，超越了一切，所以，就決定住下來。」小頭想了想，又說：「不過，我也想知道，這些年來，畢方在做甚麼？我們不在，有沒有其他神獸來剋制他。」

「畢方做了廚神，他收的徒弟就弄了兩場火災，幸好我們……」我正想把畢方的事情告訴他，大頭忽然又醒來，伸長頸在空中嗅了嗅，說道：「香榭麗舍的美人在呼喚我！」話剛說完，就展開雙翼，往凱旋門方向飛去，我好像看到大

鵬

頭眼中閃耀着火花，隱約還聽到有一絲嘆息，好像是小頭的聲音。

我回到地面，把鸝的事情告訴 Joe，我們都相信鸝可以在巴黎安全生活，只是大頭的迷戀有點怪。

Joe 卻說：「多情自古空餘恨！他在苦戀中，找到自己，比很多人幸福！」

我不解：「你覺得他幸福？」

Joe 回答：「戀過，比未戀過幸福……」

我疑惑，根據這個邏輯，Joe 今日雖然是失戀了，但總算是戀過，那麼，就比他遇上「相柳藝四」之前幸福？幸福是這個模樣的嗎？我想不明白，唯有轉一個話題，說道：「我們找到鸝，也算是還了畢方的心願。現在剩下最後一個任務，找修蛇，就應該沒有那麼容易。」

想不到，Joe 說：「我已經見過他了。」

鷉

第十三章 修蛇

Joe 居然已經見過修蛇？

原來，我們在爬屋頂這幾天，Joe 百無聊賴，去了幾趟博物館，在羅浮宮附近的「裝飾藝術美術館」蹓躂，居然在那裏碰上修蛇！

嚴格來說，是修蛇發現了 Joe，他說 Joe 的獠牙太明顯，口罩遮不住，兩人就聊起上來。原來，修蛇來了一百年，剛剛來到的時候，牠吃了一頭象，在消化的過程中，被人類發現了，把他嚇過半死。他說：「四千年前，我就是因為吃飽了，跑不動，才被華羿殺掉的，後來修練了一千年，才成功轉生。」

幸好，那次發現他的，只是個孩子，沒有對他造成傷害。當孩子長大之後，當了一個作家，把修蛇吃象的事，畫到書裏面去。修蛇說：「那本書雖然非常之暢銷，幸好所有人都認為那是帽子，看不出那是蛇。」

「那本書」的手稿，現在已經是歷史文物，本來是存放在美國的，今年才運到法國，在「裝飾藝術美術館」中重點展出，修蛇經常去看，有機會的時候，就向遊客介紹這本書的內容。他說：「難得碰到同鄉，這個真是緣分。」

我問 Joe：「你有問他茈魚的事嗎？」

Joe：「沒有，主要是他說話，我只是聽。他知道你來了，約你明天見面。」

● ❧✦❧ ●

我相信，大家都猜到修蛇說的那本書是《小王子》了，我看過不同的版本，就沒想過這本書會和我拉上關係。

翌日，Joe 帶我去見修蛇。他戴着闊邊帽，穿長褸，加上太陽眼鏡，在 7 月的巴黎，本身就很可疑，即使大家不懷疑他是神獸，他也像個嫌疑犯，虧他還好意思取笑 Joe 的獠牙。

沒想到，修蛇好斯文，又好熱情，就像一個好客的主人，好好的安頓我們吃了午餐，然後帶我們去看《小王子》原稿。

修蛇很細心地解釋，原稿中，蛇本來有很多戲分，只是後來刪了；狐狸的原型是聖修伯里的狗，所以本來有訓練狗的情節。我不得不承認，修蛇的講述非常動聽，當他強調自己就是那條蛇的時候，很有感情，我完全明白他不能在人類面前表露身份，難得見到同類的興奮！

離開美術館，我表明需要取芷魚，修蛇說東西放在家裏，他家住楓丹白露，那是一個出了名風景明媚的地方，我們當然樂意去拜訪。

在不足一小時的火車車程之中，修蛇問了很多神獸的近況，我一一如實告知。白澤曾經說過，修蛇雖然是上古兇獸，但早已收斂兇性，而且仰慕人類文化，所以不需太有戒心。

修蛇

我們到達之後，已經是黃昏時分了。修蛇領我們走，越行越是少見人跡，他忽然開口，道：「你們要芘魚，知道有甚麼功用嗎？你知道為甚麼我們一人拿走一條，各散東西嗎？」

我當然不知道。

他繼續說：「當日，『四大天王』戰窮奇，鹿蜀被嚇走了，賁龜被封，大鵬困在八陣圖中，狻猊獨鬥窮奇。論戰力，是窮奇技高一籌，狻猊只好犧牲自己的性命，用盡生命之火，把窮奇的魂魄封在芘魚身上。」

我猜測一下：「芘魚十個身體分開之後，石化了，窮奇的魂魄就走不出來了，對嗎？」

修蛇說：「是的，所以相柳打算集齊十具魚身，復活芘魚，然後把窮奇釋放出來。」

我說：「原來如此，那麼說，我們只要保管好手上的芘魚，不讓十魚齊集，那便成了？」

修蛇說：「也是的，你們拿到多少枚？」

我說：「我也不肯定九尾爺爺有多少，我就剛剛在倫敦找到一枚……」

小俞忽然大叫：「連九尾爺爺也不知道當年的戰況，你怎麼知道得這麼清楚？」

修蛇忽然停下腳步。

小俞再叫：「你是相柳幾？」

電光火石之間，修蛇右手突然伸長，變成一條蛇尾，把Joe捲起來，先摔在地上，趁Joe暈頭暈轉向之際，又把他掀起來，倒掛在一棵橡樹之上。

Joe聽不懂小俞的話，自然不會反應。我把握這個時機，和身撲出，右手側切修蛇頸上大動脈，右手持「獶貁角」刺他背後幾個穴道。這是大鵬的極速攻擊招式，隨便一記打實，都要叫他半身痠麻，不能反抗。

每一招都打中了，但就偏偏無法着力，對，他是蛇，穴道和人類不一樣。既然如此，我馬上轉用狻猊的拳術，把修蛇的左手扭到背後。

我也是沒想清楚，蛇的關節和人不同，他稍作擺動，就脫身了。我手上就只有他的長褲，他在地上盤了一圈，變回蛇的原形，我還未看得清楚，他就張口向我咬來。

我想避，就已經來不及了。千鈞一髮之際，小俞撲出，在他臉上抓了一條血痕，他吃痛縮開，我才躲過一劫。

蛇頭和蛇尾就像兩條巨臂，繼續來攻，我定過神來，用鹿蜀的步法閃避，初時尚可應付，但他越攻越快，我開始難以招架……他忽然出奇招，蛇尾在地上連環抽打，令我無立足之地，我步法稍亂，蛇頭就向我噬來。

我走避不及，小俞立即撲前迎擊，但那卑鄙的修蛇，連這一噬也是虛招，他引得小俞出擊，一口就把她吞下肚子！

修蛇

他吞了小俞！

我看到這一幕，簡直心膽俱裂，我真的無法接受，小俞就這樣⋯⋯沒有了！那是我的小俞，無論是狗抑或神獸，都是陪我一起長大的小俞！我這一生中，從未試過有一天，不是和她一起過的，怎可能這樣就沒有了？我當時的感覺，就像腦海中引爆了一個炸彈似的，耳朵聽不到聲音，眼前只看到修蛇的大口，世界上任何東西都不再重要，我只有一個念頭，不能讓這件事發生！

我不能放棄！

我絕對不能容忍小俞從這個世界消失！

我撲前捏着修蛇的喉嚨，希望制止他吞下小俞。但我拚命一擊，依然比不上修蛇的數千年修為，他一擺尾，就把我轟到老遠！

我人未落地，忽然靈光一閃，有救！立即大聲叫：「小俞，變大象！」

小俞雖在修蛇肚中，但也聽到我的呼叫，二話不說，便把身軀變成一頭大笨象。她既然已在修蛇肚裏，她一變大，就把修蛇的蛇身撐大了，這一來，修蛇就動彈不得，和一百年前一樣，橫臥在地上。

我連忙拾起「猰貐角」，插在修蛇眉心之上，大叫：「快把小俞吐出來，否則我現在就要了你的命！」

修蛇表現出一個驚懼的表情，然後，在我面前褪皮，不，

是那層皮主動在褪下來。不到一分鐘的時間，整層皮脫下，就變成另一條蛇，飛也似的跑了。

修蛇喘了一口氣，就把小俞吐了出來，然後說：「大家放心，相柳走了，他兩天前來找我，陪我談小王子，我當然歡迎了。剛才在火車上，他忽然附在我身上，佔據了我的軀體，我才發現他另有陰謀。」

其實，我沒有細聽他的說話，正忙着抹乾淨小俞身上的唾液與胃液。小俞似乎沒有受傷，幸好修蛇的胃酸還來不及發揮功能，不過，小俞就嚇就半死了，整個兒縮作一團，瑟縮發抖。這一陣子的險死橫生，相信我們這輩子也無法忘記！

修蛇見我沒有理睬他，便伸出長尾，到樹上去把 Joe 救下來。然後，他又說：「那是相柳的第九分身，叫和平九，本身的能量不強，所以需要依附在別人身上。」

Joe 落到地面，馬上抱着我和小俞，口中不住說道：「大家都在！大家都沒事！大家在一起就好了！」

● ❧☙ ●

修蛇招待我們住了兩天，就把茈魚送給我們。

我問他想不想跟我們回香港，我是想，既然免不了要跟相柳開戰，多一分力也是好的。

「我也想跟你們去，不過，如果再遇相柳，很容易又被他附身，那麼，你們反而多一個敵人。所以，我看還是等事情告一段落，我再去不遲。」修蛇最後這樣說。

修蛇

第十四章 鹿蜀

尖沙咀・海濱長廊・8夕

结果，我們在巴黎逗留了個多月才走，不是為了旅遊，而是因為我想辭職。坦白講，我一直以為「神獸專員」是一些課外活動，冒險兩個字，是網上遊戲的套路，而不是真的冒生命危險！修蛇一役，小俞差點就死了，我完全沒法接受。

不過，DSE要放榜，我只好回來，沒想到又是一個打擊！

十九分？！

我知道這不算是差的成績，我也沒想像自己是5**的人才，不過，我覺得在白澤的幫助之下，我應該有二十五分以上。沒想到，中英文的作文都超低分，考試的時候，我也知道不妙了，我有資訊，但詞不達意，應該是缺少了練習。中史也不如理想，我腦海中的山海史實，並不符合考試的標準答案。

這時候，我甚麼也提不起勁去做。

小俞提我，不要把兩枚茈魚放在家，擔心相柳會來爭奪。我只是口頭上答應，會儘快送去九尾爺爺那邊，但一直沒有行動，我想，這是拖延症。

九尾爺爺和白澤都有發訊息給我，我沒有回應，我想辭職，但不知怎樣開口。我知道這是逃避現實，也許，又是拖

延症導致的。

小紙人有來過，但我在白澤那兒學了少許結界術，小紙人進不了我家。拖延症也有技術含量的，只是無法自我修復。

可惜，小紙人入不了屋，我卻要出門口。老媽說要為我慶祝「好」成績（我懷疑她真的認為十九分是不錯的，她聽朋友說，十九分已經可以升讀本地大學），老爸說沙田龍華酒店的乳鴿很有名，就帶了我去吃了一頓。途中不斷被小紙人騷擾，就不在話下了，好不容易才把飯吃完，回到家又是一個晴天霹靂！

小俞和芷魚都不見了！

小俞一直都怕相柳會來搶芷魚，擔心我會有危險，所以，我猜她是把芷魚送去給九尾爺爺保管。我覺得，這也是好事，最低限度，我不用面對九尾爺爺，否則，憑他的讀心術，一見面就知道我的心思。

於是，我在家等小俞回來。

等到深夜……我雖然不知道小俞甚麼時候出門口，但以她的速度，來回深水埗和銅鑼灣，應該很快就回到來了，怎麼完全沒有蹤影的？難道……出了事？

難道……被相柳伏擊？

我越想越擔心，走投無路，唯有放小紙人進門。我知道小紙人就是九尾爺爺的分身，直接問九尾爺爺，小俞有沒有去過他那邊。

鹿蜀

我將事情的始末，大大概概的跟九尾爺爺說了一遍，當然省卻了想辭工的那一段，我相信小紙人還未可以用得到讀心術。

　　九尾爺爺通過小紙人說：「小俞沒有來過，你先不要慌，我會派小紙人去搜索。也會找小七打聽，如果真的落在相柳手中，小七會收到消息的。同時，最大機會找到小俞的方法，是憑你的靈覺，及你們之間的牽絆。你試試靜心感應一下，可能就感應到她的位置。」

　　靜心感應？神經病！哪有這樣的一回事？

　　我在家裏，坐立不安，趁爸媽早已睡了，就偷走出去，希望碰碰運氣。午夜街頭，街上沒有幾個行人，偶然有車經過，只顯得越是冷清。

　　我心仍是亂的，但腳步卻很堅定，似乎，我心中掛念小俞，身體就自然向一個方向走去。莫非，這就是九尾爺爺說的靈覺牽絆？說到底，我是狻猊轉生嘛，可能真的有這種能力！

　　走着走着，來到尖沙咀東部的海濱長廊，咦？怎麼會有一艘渡輪泊在這兒？我仔細看，這分明就是貢龜那艘船！小俞變了「林明禎」，默不作聲地坐在兩個人中間，我認得左邊的一個，正是貢龜的人形版小胖子；右邊則是一個瘦削中年男人，長得怪怪的，長長的臉，長長的頸，難道又是相柳那些蛇族的化身？

我馬上登船，小俞見到我，立刻開口說話，就保持不了美女形態，變回小狗模式。

「你終於來了，我等了很久！」小俞用吠聲說話。

「你怎麼來了這兒？」

「我想把芷魚送去九尾爺爺那邊，哪知道，去到地鐵站才記得我沒有八達通，過不了海。我當然就來找貪龜了。」小俞說得理直氣壯似的。

「為甚麼不打電話給我？為甚麼要找貪龜？」我不明白。

「我又沒有電話，想借電話，街上人又不懂我的話。我以為你會知道我在這兒的，神話裏的人物，想渡海的時候，人人都是找神龜幫助的，明明是常識嘛！」小俞這樣說，又真的無從反駁！

貪龜插口道：「我見小俞帶着兩枚芷魚來，便知道事不尋常，所以才用靈感呼召，領你過來。」

原來是被貪龜召喚過來的嗎？我還以為真的是我有甚麼天生的異能？

貪龜聽不懂小俞的吠聲，小俞卻明白我們的說話，馬上插口吠道：「人家同時召喚你和鹿蜀大叔，鹿蜀兩個小時前就到了！」

原來那是鹿蜀嗎？怪不得像頭長頸鹿！我忍不住問：「你又為甚麼變美女模式？」

小俞回答：「鹿蜀來到，他們兩個就開始互相揶揄，我越聽越煩，變了美女模式之後，他倆就不吵嘴了。」哈哈，不論人類或神獸，在美女面前都會變得斯文一點。

鹿蜀見我們不斷說話，終於忍不住，插口道：「現在我們手上有三枚茈魚，就真的危險了，要是被相柳搶去，後果不堪設想！」

「你是鹿蜀嗎？當年的四大天王，你和賁龜一起，也怕相柳嗎？」我問。

「我們叫做四大天王，但我只負責逃，老龜只負責擋，有甚麼用？」鹿蜀嘆氣道。

賁龜抗議說：「別叫我老龜，瞧清楚，我現在比你年輕。」

鹿蜀搔了搔長頸，罵道：「還說這個，我們一人保管一枚茈魚，你那枚就給人家搶去了。」

我連忙問：「相柳為甚麼要搶茈魚？」

鹿蜀：「原來你們還未知道嗎？當年，猰貐大哥最後雖然打敗了窮奇，但也沒辦法阻止他轉世，再次為禍人間，只把它其中一個魂魄，封印在茈魚之上，如果十枚魚身合體，茈魚復活了，這個魂魄就可以釋放出來。到那時候，窮奇的魂魄完整，我們無人可以抵抗。」

想不到，在楓丹白露時，和平九說的茈魚功用，居然是真的！

賁龜說：「你永遠都只懂長他人志氣滅自己威風，羅記是九尾選出來的專員，上次瞬間就領悟了我們四人的武學，很有可能就是狻猊大哥的轉生。」

　　我心忖：我不知道自己是否狻猊，但，即使我是，也不一定要冒生命危險去打打殺殺吧！

　　想不到，鹿蜀卻說：「他不是狻猊大哥，大哥在我那兒，今年只有五歲。」

第十五章　狻猊

九龍城・九龍仔公園・8夕立秋

這是甚麼心情？我自己也解釋不來，開始的時候，懷疑我是狻猊的轉生，我有點沾沾自喜，人生當上了主角嘛！然後，漸漸覺得不稀罕；當小俞遇險之後，我甚至抗拒，我問：命運為甚麼要選中我？我想辭職，但又開不了口，好煩惱！

現在，狻猊轉生另有其人，我又覺得不是味兒！究竟是怎麼一回事？

結果，我把兩枚茈魚帶走了。對鹿蜀的印象不好，不單是因為他說我不是狻猊，他在窮奇大戰時，是第一個臨陣逃跑的，信不過。所以，我不可能把茈魚交給他。

我和小俞一起回家，也跟小紙人交代了情況，請九尾爺爺收隊。

「你是不是學了結界術？困住了兩個小紙人？我派了四十九個紙人出去，只有四十七個回來！」九尾爺爺發了個電話訊息來問我。咄！我又沒有狻猊的異能，結界只是不讓紙人入門口，哪可以困得住他們？

我匆匆回覆了「沒有」，沒有把事情放在心上。

過了兩日，我約了 Joe，和小俞一起去九龍仔公園。

鹿蜀說每天中午，都會帶小猰㺄來這兒曬太陽，邀請我來見一見他。

我本來沒有答應會來，但我知道猰㺄另有其人之後，又連續兩晚睡不着覺，我在想，真的猰㺄有甚麼過人之處？九尾爺爺、白澤、賈龜都不知道他的存在，即是說，感應不到他的異能，他又能有多厲害呢？

好，我就親自去會一會他！

九龍仔公園說大不大，要找一個人並不容易，我正想打電話給鹿蜀，小俞忽然叫住我，我靜心感受一下，果然覺得有點不一樣，原來鹿蜀就坐在不遠處的樹蔭下，看着兩個小男孩在陽光下追逐。

我慢步上前，正想介紹Joe，鹿蜀就已經早一步開口，道：「這位是鑿齒嗎？想不到，長得這麼斯文！是的，猰㺄大哥昨天說過，你們這兩天會來。」

猰㺄會預知術嗎？這麼厲害？

鹿蜀繼續說：「不用想太多，大哥不是預知未來，只是了解人的想法，所以，他的猜測經常都很準。你們看，這兩個小孩當中，其中一個是大哥，你們看得出來嗎？」

我仔細的去看，兩個男孩，普普通通，長相差不多，衣着差不多，舉手投足之間充滿稚氣，根本沒有甚麼特別。小俞更專心去感受，半晌，回頭跟我做了一個惘然的表情；Joe當然也沒甚麼感應，聳了聳肩，表明他也看不出來。

鹿蜀說：「時間差不多了，你們再看一會。」

有甚麼看頭？兩個頑童，你追我逐，滿頭大汗的樣子……

正當我們三個都看得不耐煩的時候，其中一個男孩忽然站定，臉上的稚氣頓然消失，連臉上的汗水也不見了，然後面帶微笑的走過來。

大家想像一下，這個五歲男孩，用一個「淵渟嶽峙」的步姿，加上一個「慈悲為懷」的笑容，是多麼詭異的畫面。而另一個男孩，似乎是習慣了這個情況，見怪不怪，依然在他身邊跑來跑去。

男孩望着我說：「羅專員，我聽過你的事蹟。我叫小俊，亦即是你們認知中的狻猊。」

小俞馬上吠道：「你的靈力忽然才爆發出來？」

小俊說：「是的，我每天中午太陽最猛烈的時候，就可以醒覺五分鐘，其餘時間都是懵懵懂懂的。故此，你們很難感應到我的存在。」

狻猊可以聽得懂小俞的說話，果然不簡單。

小俊來到我面前，我自然地蹲下來，令自己和他的高度差不多。他伸出右手來拖我，然後又伸左手，輕輕搭在我的手背，感受一下，然後說：「我果然沒有猜錯，你是大鵬，我的好兄弟！」

鹿蜀高興地說：「大哥，這真的是二哥大鵬嗎？太好了，我們四兄弟終於又團聚了！」

小俊說：「他可以瞬間領悟我們四個的武功，當然是前生積聚下來的緣分呐。而且，他體內的能量雖然還未醒覺，但那是大鵬的頻率，這個是不會錯的了。」

我用一種不屑的語調說道：「我是大鵬轉生嗎？那又怎樣？又要執行甚麼任務了嗎？」

小俊微笑，說：「大鵬是前生的事，你今世是羅記，羅記想做甚麼，要做甚麼，由羅記自己決定。」

我問：「你呢？你不也是要做前生的狻猊麼？」

小俊說：「狻猊前生的事未完，還有機會繼續；而今生的小俊也活得快樂，我是幸運的。」

只是幾句話的光景，我就覺得這個小孩可信，決定跟他坦白一下：「我也不知道自己要做甚麼，亦不知道是否應該為九尾爺爺冒險。」

小俊說：「你問自己，做了大半年專員，開心嗎？我聽過你的事，你不用神獸的江湖規矩，反而用文明的方法來解決神獸的問題，我喜歡你的手法。」

被他讚一讚，我也覺得自己有點與別不同，但經過修蛇一役之後，我真的不想帶着小俞和 Joe 去冒險，我忍不住說：「上次在巴黎，小俞差點就死了，我很怕！」

小俊溫柔地說：「怕是正常的，趨吉避凶是一種智慧。」

我問：「鹿蜀逃跑了，不是被大家恥笑嗎？」

小俊笑着說：「活下來更需要勇氣！大家笑他，只是因為他們不了解。你想一想，他活下來，花了這麼多年的時間，終於找到轉生的我，還要將我養大，他花費的心力，不是比任何人都要多嗎？」

鹿蜀說：「每一個人都有自己的崗位，選擇了自己的角色，就儘量發揮自己所長。我擅於逃跑，就負責幫大家活下去。」鹿蜀說話時，禁不住露出一種自豪的眼神，我想，我的確是小覷了他。

我問：「我有甚麼崗位？我擅長甚麼？我連一個 DSE 也沒考得好，能有甚麼貢獻？」

小俊說：「你擅長解決問題。」

小俞吠了，是在歡呼！Joe 一手搭在我的肩上，說：「我同意！」

這剎那，我有一種熱血上湧的興奮！

小俊忽然說：「眼前，我就有一個問題，需要你幫我解決。」

甚麼？

他一把拉着另一個小男孩，然後跟我說：「他是我的孿生弟弟，叫小奇。你剛才看着我們在玩，你覺得我們有甚麼不一樣嗎？」

我再仔細看一看，便說：「看起來，你們沒有甚麼分別呀……」

　　咦？

　　「他叫小奇？」

　　「對，他是窮奇的轉生。但自出娘胎就少了一個魂魄，所以他的智商一直都只會維持在三、四歲的水平，現在還不覺得異常，但他長大之後，就沒有那麼自在了。」小俊的眼神，充滿了憐憫。

　　我不解，問：「你想我做甚麼？」

　　小俊說：「我想你認真想一想，小奇今生從未犯錯，要承受這樣重的懲罰，公平麼？」

　　我更不解，再問：「難道你認為……」

　　我一句話還未問完，小俊忽然打了一個大噴嚏，馬上變回那個頑皮小孩模樣，又和小奇追逐去了。

　　鹿蜀輕咳一聲，然後道：「時間夠了，他每天只可以醒來五分鐘，要完全醒覺，只怕要幾十年的時間。」

　　我還想問多兩句，小俞忽然不安起來，不住東張西望。鹿蜀也皺起眉頭，不知道他發現了甚麼，他說：「大家先逃出去，之後再說！」

　　他話未說完，就已經飛躍到小俊小奇身邊，一手挾起一個，剎那間就抱着兩個小孩，逃跑得無影無蹤。那一個速度，

「動若脫兔」四字不足形容，說是「風馳電掣」也不過分。

我還未弄清楚是甚麼一回事，就見到有幾個人分別從不同的方向走過來，把我們包圍。我一看，總共是八個人，包括了早前交過手的勇三、藝四、附過修蛇身的和平九，連小七也在。另外四個，相信是未見過面的相柳成員，似乎他們是全軍出動了，我們只有三人，實力懸殊！

我拉一拉 Joe，想跑，哪知道他一見到藝四，就跑不動了。

勇三不屑的說：「四妹，你看上過這小子？窩囊廢物一個！」

藝四嬌笑着說：「三哥，你別看扁人家，我是以柔制剛，若非如此，你要打倒一個鑿齒，也不是三、兩個回合的事。」

勇三不忿氣，衝上來說：「來，我們先打一架，你打贏，我放你走！」

他們一個領頭模樣的人說：「老三，別胡鬧！」

我在想，打是打不過的；要逃，也錯過了最好的時機，為今之計，只可以拖時間，指望鹿蜀帶救兵來。我便說：「手下敗將，你還敢來挑戰？不怕我又扯掉你的頭皮嗎？」

他們的頭領馬上說：「你別玩花樣，無論如何，你今日都跑不掉的了。」

我哈哈一笑，道：「大塊頭，你們老大擔心你會輸呢！」

勇三大怒，幾步就衝了過來，當胸一拳來襲。我看到他左手暗藏後着，這一拳也留有餘力，敢情他上次吃過虧，今次出手就小心了。

　　我也知道不可能像上次般出奇制勝，不過，我憑鹿蜀的步法，他要打中我，也不容易。我偶爾用大鵬的快拳反擊他的破綻，雖然殺傷力不大，但也夠他手忙腳亂了。他們的老大嘗試喝止，但這個勇三果然有勇無謀，根本不聽指令。這一來，我就可以專心拖時間，事實上，不專心也不行，勇三拳力大到嚇死人，被他打中一招，就馬上完蛋了，絕對要集中精神。

　　忽然，腳步一滯，我腳下的地面詭異地軟化了，令我難以發力，幾乎就被勇三打中了。我低頭一看，發覺我一條腿陷到軟泥之中，完全不能拔出來！

　　險險避過一拳，勇三連環拳又轟到面前，我腳在軟泥內，跑不動，眼看馬上就要中招，我心忖「這次完了」！哪知道，勇三硬生生把拳招收回？只見他回頭大叫道：「我一個人也打得贏！誰叫你出手暗算他？」

　　我見到一個矮瘦男人，雙手長得有點異樣。他把兩隻手掌按在地面上，泥土就產生異動，我左腳踩着的地面就是因為這個原因，軟得像啫喱一樣，一時間沒法把這條腿抽回來，就給困在原地。

　　矮子說：「三弟別中計，這小子只是轉來轉去，哪是真心跟你交手？我幫你困住他，是真心幫你的。」

也不待勇三回應，那個領袖模樣的男人插口道：「三哥，我們正事要緊，將來再找這小子算帳！」

我看得出，勇三發洩了一會，已經不像剛才的衝動，不能靠他拖時間了。我便說：「你們怎會找到這兒的？要不是有賣龜幫忙，我們也找不到這個地方。有高人指點迷津嗎？」

勇三回答說：「哪要高人指點？我們五弟就是高人，他完全掌握了你們的行動。你瞧，我們九個走在一起，文武兼備，你們還是乖乖投降吧！」

一個光頭白鬚的老翁訕訕的說：「是我查到的。」咦，這個老頭居然是五弟？他們的造型的確太有特色了！

「你們把小紙人恣無忌憚的放出來，真的以為就騙得到人嗎？」藝四接下去說：「我家五弟捉到兩隻小紙人，就自然可以煉出你們的消息了。」

藝四一開始說話，Joe又激動了，道：「我想知道，你有否認真過？」

「哎喲，我對每一段感情都是認真的，就是因為認真，所以每當感覺過了期，我就馬上放手，絕不拖泥帶水。」藝四理所當然地說出她的道理：「你想想，我不愛你，但又假扮繼續愛的話，不是更不認真嗎？」

領頭那人大叫道：「停！你們看不出，他們在拖時間嗎？」

我還想說些甚麼，謹六忽然從天而降，說：「我追不上鹿蜀，但看見他抱着兩個小孩，逃命的時候也帶在身邊，非常可疑！」

原來謹六一直在天空中搜索，連他也追不上鹿蜀，鹿蜀的速度的確不是說笑的。

「兩個小孩是甚麼來頭？」頭領問老頭五弟。

五弟卻惘然地回答：「兩個小紙人都煉盡了，沒有這個資料。」他想了想，向和平九問道：「九弟，在巴黎時，你見過那枚茝魚嗎？可以還原人身了嗎？」

和平九說：「那是巴掌大的石頭，沒有那麼大的能量，可以成人形吧！」

謹六堅持自己看到的，是重要的情報，便說：「他們有那隻大烏龜，說不定真的有足夠能量。」

我故作鎮定的說：「你們不是說我拖時間嗎？現在可不關我的事了，如果你們想繼續討論下去，我就不打擾了。」

他們當然不會讓我這麼輕鬆的離開，但既然不知道救兵幾時到，只好繼續拖延。看得出，他們從小紙人所得的資料，只知我和鹿蜀會在這兒見面，不知道小俊和小奇的事，不知道是否可以在這個題目上動腦筋。

勇三果然又來了，瞪着兩隻大眼，向我喝道：「快說，茝魚是否成了人身。」

我心忖，又可以胡謅一段了，正想大話西遊，領頭那人

卻制止了我。「九弟，你去把他們知道的，全套出來！」

我心中叫糟！若被和平九附身，一切祕密都保不住！眼巴巴看着他向我走過來，簡直一籌莫展！

豈料，領頭那人又說：「九弟，這個小子花樣多多，別選他。去附身那個鑿齒，他頭腦比較簡單。」

我眼前一花，和平九那瘦長的身影就不見了，只見 Joe 面容扭曲，不知道在經歷怎樣的變化。這一刻，我心中也沒有主意了，現在連 Joe 也變了他們的人，根本沒有籌碼去對抗他們！

「快搞清楚，苁魚在哪兒？那兩個小孩是甚麼人？」領頭那人問。

「我……我不知道！」也不知道是 Joe 抑式或是和平九說的話。

「這個人很奇怪，思想很亂……不是，千頭萬緒，都歸結到這一點……都是四姐……好多四姐……好辛苦！」Joe，不，應該是和平九，一邊說，一邊按着頭，慢慢地彎下腰，好像在經歷一種巨大的痛苦。

藝四像是想到些甚麼，忽然很緊張地大叫：「老九，快出來，不要附在 Joe 身上！」

「我……跑不掉……」這是和平九的聲音。

「我捨不得。」又變了 Joe 的聲音了。

「好痛！四姐救我！他腦裏面……每一條線迂迴曲折的，都是牽扯到你那兒！」和平九已經蹲了在地上，痛苦到渾身抽搐。

領頭那人大驚，問藝四：「九弟怎麼了？」

藝四已經急得有淚光，連忙說：「Joe 很認真地失戀，所以一切事情都沒放在心上，很投入地痛苦。我擔心，Joe 越陷越深，成為了一個情緒黑洞，老九附身之後，自己反而被困在宿主身體之內。」

和平九越來越痛苦，整個人蜷縮在地上，一把眼淚一把鼻涕的，完全沒法控制自己。

藝四繼續說：「老九現在感受到的，是 Joe 積壓了兩三個月的鬱結，一次過衝擊他的情緒，所以他的痛苦，比 Joe 本身更嚴重！」

一時之間，相柳八人方寸大亂，看得出來，他們之間的兄弟情非常深厚，有人說要用針灸止痛；有人說先把他打暈，免得造成永久性傷害；甚至有人建議藝四和 Joe 復合，先解除和平九的痛苦。總而言之，亂作一團！

忽然，我瞥見小七跟我打了一個眼色，我尚未弄懂那是怎麼一回事，小俞已經變成一頭黑豹，衝前把小七撲倒，然後將她拉到我身邊。

我下意識把她一把抱住，手上的「猰㺄角」就抵在她的頸側，她趁亂悄聲說：「脅持我，叫他們撤退，然後帶老九

回去，請樊教授醫治。」

我這才明白，小七是送上門當人質的，所以完全沒有反抗。我們唬退了其他人，才可以請朏朏來處理 Joe 的情緒。小七一半是幫我，一半是救他的九弟。

這個情況很弔詭，表面上敵強我弱，但他們有兩個人質在我掌握之中，我的籌碼又多了起來。我馬上大叫：「你們有兩個人在我手上，如果不想有甚麼閃失，你們立即……」

我未講完，手上一輕，小七忽然不見了！原來謹六一直在留心，見到小七被捉，就飛過來把她搶回。我心中認定小七不會反抗，所以根本沒有用力把她捉住，所以，謹六來搶，馬上就把她搶走了！

一剎那間，我由充滿信心，變成懊惱自己的疏忽！如果我小心一點，就不會被謹六有機可乘！

一時疏忽，戰況又逆轉了！

怎辦？我還有甚麼可以做嗎？

當我還在後悔的時候，小七又回來了！只見謹六背部着火，火勢迅速蔓延，他連忙用他的異能幫自己降溫滅火，但他後背被燒傷了一大片，頭髮也被燒焦了，所以握不穩小七。

我趁機立即把小七捉住，小七合作，我當然很容易便得手。謹六忽然着火，當然是畢方來了。

果然，畢方很快就降落，站在我身邊。然後，我聽到一

連串很嘈雜急促的腳步聲，原來，狸力、白澤、朏朏等上一代的「貓豬馬三俠」都來了。

朏朏一見到 Joe 的苦況，二話不說就走過去，一手輕按在他前額，他便漸漸睡着了。我不知道這是心理專家的催眠術抑或是朏朏的異能，總而言之，他冷靜下來了，先解決了演變成創傷症的危機，相柳們便放心下來！

領頭那人審視情勢，他們九個人來，現在一人受傷，二人變了人質，剩下六個人，要戰或要留？

我正想說兩句話，顯一顯威風。

不過，那個領頭的，已經做好決定，打了一個手勢，就帶隊走了！

第十六章　窮奇

「你們幫我救九弟，我答應抽身出來，兩不相幫。」小七這樣說。我是傾向支持她的，畢竟不可以讓 Joe 跟和平九永遠連在一起。

小俞就極不滿意，她有一陣子，常喚 Joe 作「食人族」，說鑿齒的祖先是吃猰貐的。現在，Joe 身上有和平九的魂魄，和平九又曾經用修蛇的身體去吞食小俞，小俞就更不滿意這個組合了，整天「食人族」「食人魔」的叫個不停，幸好大家聽不明白她的說話。

九尾爺爺收到相柳的挑戰書，覺得小七有利用價值，希望知道多些對手的資料，知己知彼。

目前，對方剩下七個人，勇三藝四謹六是老對手。上次，我們也曾經和另外三個交手：援二是那個矮子，有控制泥土的異能；白鬍老頭是觀五，強於偵探術，並不擅長攻擊。一直在發號司令的是領八，除了擅長戰略之外，格鬥的時候，往往可以預知對手的招式，非常難以對付。

上次在場，但一直沒說話的是大哥，外號「完美」，刀槍不入的傢伙，不死不傷不勞累，被他纏上了，永遠沒完沒了。

我們知道這些之後，評估戰力，我們這邊只有狸力、畢

方兩個主力,我和鹿蜀不是攻擊系的,合竅不見得有多大幫助,Joe不能參戰。無論如何,要開戰起來的話,我們也沒有可能戰勝相柳。

九尾爺爺拿着相柳的挑戰書,說:「對方光明正大的挑戰,我們雖然戰力不足,但也只好迎戰。看,這戰書上寫得坦白,他們已經找到了六枚茈魚,所以用來做籌碼,挑戰我們比拼六場,換取我們手上的四枚茈魚和兩個人質。」

我想了一想,忍不住說:「不對呀,打六場,我們的確輸多贏少,但他們要的是全勝啊!十枚茈魚,缺一枚也無法釋放窮奇的魂魄,他們哪來的把握?」

九尾爺爺說:「你有甚麼看法?」

我猶豫了一下,說:「他們整體戰力高,如果蠻幹起來,我們招架不住,結果會被團滅。」

白澤補充一句:「聚而殲之。」

我說:「就是嘛!我們軍力不足,打起來,是任人魚肉的形勢。我們可以避一避風頭嗎?」

九尾爺爺搖頭說:「可以去哪兒避呢?這一戰,在所難免。」他停了一會,向白澤說:「Proton stick還在的,對嗎?」

我不解,說:「你們說過,Proton stick只可以對付小七及和平九,對嗎?現在,他倆都是我們的人質了,有甚麼用?」

開戰了！

我們也積極備戰的，狸力、畢方、鹿蜀、小滿、我和小俞六個，先去找賁龜，把自己的能量大幅提升。我很不想小俞出戰，但我們就只有這麼六個「戰將」，沒辦法！

我這樣想，先令對方覺得我們實力相若，六對六，可以一戰，不要讓他們有信心可以團滅我們。然後，只要保得住一枚茈魚，也就成了，我心目中，畢方和狸力總會贏一仗吧！

我怎能料到，狸力和畢方一開始就連輸兩場！

狸力對勇三，的確打得天昏地暗，但最後還是被打了一個遍體鱗傷！畢方遇上援二，一不小心，被人家困在泥土中，又輸！

我們在九尾爺爺的後花園「青丘」開戰，由白澤和觀五當雙方主持，先將大家的茈魚放在案上，做好儀式，就逐場開打了。沒想到首兩場就損折了兩個主將！

第三場，來叫陣的是他們的老大「完美」，果然是一個超級帥哥，小七說過，他不會受傷，不會中毒，不會疲累，我用看多年漫畫的經驗，知道只可能在水裏淹死他！我正想告訴鹿蜀，卻發現鹿蜀已經不見了！

又逃了？

怎辦？不可能靠小滿，又不想小俞冒險，我一捏「猻訑角」，馬上跳出來，用大鵬速劈，連劈他幾個關節，希望把

他摔到青丘的水池裏。咦？我為甚麼這麼衝動？

我無暇細想，總共十八招，全都打在「完美」身上，但卻無法動他分毫！怎辦？我們已經不可以再輸一局了……

我尚未擬好對策，九尾爺爺就說話了：「這只是熱一熱身，比武尚未開始。『完美』老師，我們這一局的選手其實是胐胐才對！」

甚麼？樊教授出戰？她會武功的嗎？九尾爺爺打甚麼主意？

只見胐胐婀娜多姿的走到場中，顧盼生輝，眉眼之間散發出種種風情，那種舞台魅力，舉世無雙！這是決戰的姿態嗎？我不懂，連忙走到她身旁，跟她說：「這傢伙打不死的，只可以淹死他。」

胐胐笑了，說：「誰說要打？你看他。」

我向「完美」望去，他眼中只有胐胐，胐胐露出一個笑容，他就看到眼都直了，完全無法反應。我不明白，這是究竟是甚麼戰略？難道這個「完美」貪圖美色？

胐胐慢慢走到「完美」身前，輕聲說：「想學嗎？」

「完美」不斷點頭。

胐胐又說：「要學很久呢？」

「完美」肯定的說：「多久也成。」

胐胐開始展示各種姿態與表情，「完美」就跟着她一起

做……

　　九尾爺爺向我招手，叫我過去，輕聲跟我說：「兩軍交戰，不是只有勝、負兩個結果，也可以和，也可以打不成。」

　　的確，「完美」很專心地跟朏朏學習，似乎真的打不成了。

　　九尾爺爺指了指小七，說：「你看，小七手上把玩着的，是 Proton stick。我們把它的功率倒轉輸出，本來是用來中和小七的靈力的，現在就反過來，把她的靈力增幅。」爺爺頓了一頓，問道：「你記得小七的異能的，對嗎？」

　　「除了滑翔和速度之外，小七最厲害的，是增強別人的情緒和慾望……」

　　爺爺滿意的說：「這個『完美』帥哥的最大心願，不是戰鬥，而是製造一個完美的外型，他不單止想變成人的外貌，還想成為最完美的一個。要由一個普通人變成八十分型男，尚是一般人努力可以做到的；八十分要提升到九十分，那些風度、內涵、氣質，就不簡單了；九十分之後，由朏朏來慢慢教，他又渴望要學，相信不是兩、三年學得完的。」

　　原來爺爺還有這個後着，真的是意想不到！我剛才衝動出擊，大概也是受小七影響！

　　爺爺安慰地笑了笑，說：「你想得不錯，你心中最大的願望是保護小俞，加上有『獬豸角』在手，勇敢就變成衝動。這一點，我是有點失算的，幸好沒造成甚麼影響。」

領八也看出問題了，大聲叫道：「這一局不算數，你們使詐！」

白澤說：「雙方在場中較技，選擇了文鬥，我們沒有時間限制，比賽又已經開始了，沒有理由叫停。」

領八抗議：「他們哪是在文鬥？」

白澤問：「領八兄，你是貴方主持？抑或是選手？不如請貴方主持發言！」

要打六場，他們當然用六個會武功的來當選手了，於是，比賽之前就安排老頭觀五來做他們的主持。他們當然以為簡簡單單的打六場就是了，哪想得到主持也有功用？

觀五不耐煩地說：「這樣等他們談，談到幾時？」

白澤說：「是文鬥！」

觀五是個偵探，辯論不是他的專業，他只好說：「即使是文鬥，我們也不能坐着等吧！下一場馬上開始！」

他剛說完，藝四就拿着皮鞭，來到場中叫陣。我們這邊又的確沒人應戰了，爺爺有後着嗎？

爺爺說：「你們去拖延一下，但千萬不要出手，我另外安排了選手應付。」

甚麼？拖時間？怎樣拖？

小俞醒目，撲了出去，對着藝四瘋狂地吠了起來。藝四皺眉道：「你是這一局的選手嗎？」

我連忙跑出來，說：「我們不是選手，不過，小俞覺得Joe太慘，忍不住要罵你一頓，她說現在連累了你們的和平九，是你種的孽。」

藝四被我搶白一番，正想駁斥。

我馬上說：「你不用反駁我，我只是翻譯小俞的話。」

藝四怒了，說：「你管好你的狗！」

小俞又吠一大輪。

我便說：「你這樣說就不對了，你應該知道，小俞是獢狗，大家都是神獸，她只不過是年紀小，不是狗，更不用我管。」

藝四嘗試反唇相譏：「她是道行未夠，你跟她說，這兒是比賽的地方，不是選手，不要來插科打諢。」

我刻意用一種輕挑的語氣說：「你又搞錯了。剛才那番話，是我說的。」

藝四急怒，說：「連人形都未成，憑甚麼來撒野？」

小俞一轉身，立馬變成林明禎版，她被賁龜加強了力量，現在就更是動態流暢，艷壓全場。而且，還可以吠！

看着一個美女吠，那種魅力的確難以形容！其實，藝四本身也是美女，但就難免被比下去了。

小俞繼續吠，我繼續翻譯，一唱一和，糾纏了近半小時。其實，我們已經沒有話要說了。還要拖多久？說老實話，我

寧願開打，總比現在拖時間痛快得多！

觀五終於忍不住了，他高聲說：「別浪費時間了，四姐，他上了戰場，就當他是選手吧！」

藝四一聽，便出手了，皮鞭連抽幾下，我們有賣龜盾掌，她攻不入。她忽然似笑非笑的看着我，我便覺得自己身處一個小花園，藝四慢慢的向我走過來……

耳中響起一陣狗吠聲，心中一凜，知道自己陷入了藝四的幻境。走得出去嗎？我覺得自己的眼睛離不開藝四，糟了，我大概像 Joe 一樣，着了藝四的道兒。

幻境中，藝四的吸引力無限放大，我明知危險，但沒辦法離開……要放棄嗎？在眼角看見有人闖入了，咦，在這個幻境中，有人可以闖進來的嗎？我定睛一看，原來是林明禎小俞！

小俞一手拉着我，就把我拉了出來。

走得出來，我是抹一把汗，但我是怎樣走出幻境的？「怎麼回事？」我問。不過，我看藝四的表情，她也是迷惘的，彷彿不相信小俞可以從她的幻境中救我出來。

我不知道我在等甚麼，不知道是否還要拖下去，更不知道可以怎樣再拖下去！

這時候，救星到了！我聽到鹿蜀的聲音，大叫：「我們回來了！」我循聲望去，原來他真的帶了三個救兵來，三個都是老朋友：猴子朱厭、雙頭鳥鵬、唐人街獲如。

九尾爺爺笑着說：「我們的選手來了。」

咦？他們會武功的嗎？獷如應該會造武器，但他能打嗎？

只見鷦鳥已經自動走到場中，仔細打量着藝四。藝四看着大頭，馬上就開動「愛情幻境」，雙方即時進入狀態，直勾勾的看着對方。

他們在幻境中決鬥嗎？

小頭忽然開口，道：「大頭終於找到對象了，看來，我們從此不用再飛來飛去找雕刻，可以舒舒服服的談戀愛了。」

我問：「他們是怎麼一回事？」

小頭說：「他倆在幻境中非常幸福，我就像在看愛情劇集一樣。」

我再問：「你看到幻境中的事嗎？」

小頭說：「是呀，我和大頭是一體的，所以，他看到的東西，我也看得到。他沉迷石獸幾百年，儲存了很多愛情的感覺，現在一次過釋放出來，這種高劑量的戀愛，滿足了藝四所追求的，相信他和藝四都進入了愛情的最高境界。」

大頭和藝四對望的樣子，如果不知當中的原因，的確很傻……也許，愛情的真諦就是這樣，外表很傻，但當事人覺得自己是終極的幸福！

又是打不成的一局。

白澤宣布：「第三、四局都是文鬥，我們靜待結果。」

謹六實在看不下去，就展開翅膀飛起來，說：「我把你們這兒全部冰封，看你們可以怎樣？」他話剛說完，就開始釋放他的凍氣，現場就開始結冰。

玃如不慌不忙，跳到冰塊上面，雕刻起來，先雕了一座龍鳳牌坊，然後又雕了一座迷你凱旋門；跟着，就是一條九頭蛇，我猜是相柳本來的形態吧！

謹六越看越着迷，便降落到玃如身邊，跟玃如一起造冰雕。看得出，謹六的冰雕也是不錯的，但就沒有玃如的仔細，玃如的作品也較有氣度，兩人越雕越投入，根本沒有理會別人。

敢情謹六就是夢想成為冰雕家，今日受小七影響，碰上強於各式手工藝的玃如，就盡情發揮出來！

白澤又宣布：「第五場是冰雕比賽，依舊沒有時間限制！」

領八忍不住了，走出來大喝一聲，叫道：「你們使的是甚麼魔法？我不怕！就看誰可以和我一戰！」

只見朱厭不慌不忙，拿出幾個棋盤，擺了幾個殘局……

領八一看，眼珠子也突了出來，額角開始滴汗，身子也有點發抖，看得出，他是極力在掙扎，不想受棋局吸引。不過，也許是小七的「放縱力量」的關係，他最後還是忍不住，坐了下來。

結果，觀五領着援二勇三走了。

他們七個人來，有四個留低了，四人各有各的沉迷，也不知道算不算是變了人質。

我懷疑他們本來有想過要硬搶，但現在人手不足，援二勇三在早前對戰的時候，雖然是勝了，但也受傷不輕，所以，只好撤走。

走之前，他們想取回案上的茈魚，不過，白澤已經一手把所有茈魚沒收了，看着白澤那種堅定的眼神，理所當然的表情，觀五只好無奈放棄。

十枚茈魚都在我們這邊，然後應該怎樣做？毀了茈魚，就沒有窮奇的危機；但窮奇這一生從未犯錯，就應該受此懲罰嗎？

我問自己，我沒有答案。

九尾爺爺聽到我心裏的問題，便說：「問得好，我也想聽聽你的意見，不，我想聽你的決定。」

「我？」

「狻猊醒的時候，也說過，你擅長解決問題。」鹿蜀這樣說。

完

鳴謝

銅鑼灣皇室堡

中央圖書館

重慶大廈

佐敦麥當勞

西九戲曲中心

尖沙咀鐘樓

灣仔會展

倫敦唐人街

巴黎裝飾藝術美術館

九龍仔公園

奇諾・李維斯

林明禎

尾聲

十二年後的一個晚上，羅記在一間書房中，和兩個少年補習功課。

「我想，今晚要努力些，明天測驗的課題還未讀完。」較瘦削的少年這樣說。

羅記安慰着道：「別擔心，盡了力就成，睡得不夠的話，測驗時反而會失準。」

少年懊惱地說：「不是吶，你看哥哥就從來沒試過失準，老師，為甚麼哥哥的成績那麼好，我就差那麼多？」

較胖的少年微笑着說：「去年全班的總分，我排第一，你排第二，你又怎會是差的呢？」

弟弟說：「但每年都是這樣，我從來都只是第二！而且，你永遠都是輕輕鬆鬆的，我就要用盡努力才可以有成績！」

羅記說：「求學不是求考試成績的，我當年 DSE 也只是中上水平，現在也混得不錯嘛。」

弟弟嘀咕道：「我就不想像你一樣，差不多三十歲了，還在幫人補習。」

弟弟說話不禮貌，小俞不忿氣，跳上枱面吠了起來。

弟弟答小俞：「我當然想做九尾爺爺，人家是上市公司主席，九尾集團市值幾百億，有權有勢！我就不明白，我們

有這麼屬害的親戚，為甚麼會這樣窮！」

我笑說：「我們哪算是窮？」

小俞繼續吠。

弟弟又答小俞：「狸力也不算，你看，福布斯排名中，也沒有他的份，九尾爺爺總算是榜上有名。」

小俞又吠了幾句。

弟弟又答：「哥哥沒有大志，他只想做 Joe 哥。」

哥哥辯解道：「Joe 哥很好呀，他是最年輕的大學教授，又受歡迎！」

弟弟揶揄他：「你只是羨慕他，受女學生歡迎吧了！」

哥哥連忙說：「怎會呢？Joe 哥常說，愛情會殺死人的。」

兩兄弟閒聊間，朏朏與完美大哥來敲門，提醒我們：「十點了，弟弟要睡覺了。」

是的，每天中午十二點，哥哥會講一個小時的山海道理；每天晚上十二點，弟弟一定要在熟睡中，有時，他早上醒來，會記得一些特別的夢！

⋯⋯⋯⋯⋯⋯全文完⋯⋯⋯⋯⋯⋯

尾聲

後記：一場任性

編輯大人跟我說，今次不用考慮市場，只寫自己最想寫的東西。嘩！這還得了？連編輯都縱容我的任性！於是，我決定挑戰傳統市場智慧！

首先，武俠小說以「武」包裝「俠」，武打是用來吸引讀者的。不過，我把故事設定在現代，文明社會，除了武打之外，還有很多方法解決，所以，故事中的人物雖然有超能力者，但化解危機的關鍵，往往和武打無關。

第二，傳統喜歡用小子成長套路，容易令讀者投入，最後主角大展神威吐氣揚眉，讀者自然滿意。我寫《山海》，主角羅記雖然練成武功，大家以為他可以像典型王道熱血主角一般，大打一場，但他就偏偏沒這個機會。

最後，一般武俠，正邪對立，邪派都是面目猙獰，姦淫擄掠，令讀者痛恨的人物。我在想，現代社會，壞人不再是一般的打家劫舍了吧！所以，我筆下的所謂邪派，只是一群無法融入主流社會的可憐人。九尾狐的一方，個個都適應了人類社會，自得其樂，那是正派；相柳九子，都不接受社會上的改變，所以，希望推翻現有的狀況，那就自然被視作邪派了。

這樣的創作，違背了一般的成功方程式，只能說是一場任性。不過，如果大家喜歡，我還是希望可以用這個方法說故事，寫大家意料之外的情節。

黃獎

2024 年 春

香港作家巡禮系列
山海之城

作　　者：黃獎
主　　編：譚麗施
責任編輯：張珮瑜
封面繪圖：符津龍
書籍設計：符津龍
系列設計：張曉峰

總經理兼
出版總監：劉志恒

行銷企劃：王朗耀　葉美如
出　　版：明報教育出版有限公司
　　　　　香港柴灣嘉業街 18 號明報工業中心 A 座 15 樓
　　　　　電話：(852) 2515 5600　　傳真：(852) 2595 1115
　　　　　電郵：cs@mpep.com.hk
　　　　　網址：http://www.mpep.com.hk
發　　行：香港聯合書刊物流有限公司
　　　　　香港新界大埔汀麗路 36 號中華商務印刷大廈 3 樓
印　　刷：創藝印刷有限公司
　　　　　香港柴灣利眾街 42 號長匯工業大廈 9 樓

初版一刷：2024 年 4 月
定　　價：港幣 88 元｜新台幣 395 元
國際書號：ISBN 978-988-8796-62-5

© 明報教育出版有限公司

補購方式

網上商店
- 可選擇支票付款、銀行轉帳、PayPal 或支付寶付款
- 可選擇郵遞或順豐速遞收件

mpepmall.com

電話購買
- 先以電話訂購，再以銀行轉帳或支票付款
- 訂購電話：2515 5600
- 可選擇郵遞或順豐速遞收件

讀者回饋

感謝你對明報教育出版的支持，為了讓我們能更貼近讀者的需求，誠邀你將寶貴的意見和看法與我們分享，請到右面的網頁填寫讀者回饋卡。完成後將有機會獲贈精美禮物。數量有限，送完即止。

https://www.mpep.com.hk/hkwriters